Kläre Woldt
Der Dauersauer

Krümel-Verlag

*Von ganzem Herzen danke ich meiner Familie,
insbesondere meiner Tochter, für alle Unterstützung.*

Kläre Woldt, 1970 geboren, arbeitete nach dem Studium der Rechtswissenschaften als Journalistin. Nach einigen Jahren in diesem Beruf stellte sie sich einer neuen Herausforderung: Sie wurde Mutter und Hausfrau. Inzwischen schreibt sie wieder – wenn die Familie nicht alle 15 Minuten ein Anliegen hat – Geschichten und Gedichte. Fast ebenso gern malt und zeichnet sie. „Der Dauersauer" ist ihr erstes Kinderbuch.

Der Dauersauer

Text und Illustrationen Kläre Woldt

Krümel-Verlag

Inhaltsverzeichnis

Paulchen
4 Jahre

Der Dauersauer
5 Jahre

Anna
7 Jahre

Mädchen

Der Dauersauer hatte nur Unterwäsche an und versteckte sich hinter der Tür, als seine Mutter ins Kinderzimmer kam. Weil er aber wusste, dass sie ihn ohnehin gleich entdecken würde, zeterte er in seinem Versteck von allein los: „Ich will nicht in den Kindergarten! Ich will nicht!" Mami schüttelte den Kopf: „Natürlich gehst du. Ich versteh gar nicht, warum das neuerdings immer so ein Problem ist …" Sie kniete sich seufzend auf den Boden: „Jetzt komm mal her, mein Schatz", sagte sie sanft und hielt ihm den Pullover hin, den er anziehen sollte. Aber der Fünfjährige dachte gar nicht daran, mitzumachen. „Nee, ich geh nicht! Und ich zieh mich auch nicht an! Nichts mach ich! Gar nichts! Basta!"

Mami ließ die Hände mit dem Pullover sinken und blickte ihren Sohn ratlos an. „Aber du bist doch immer gern in den Kindergarten gegangen. Was ist eigentlich los?" Der Dauersauer ließ sich auf den Teppich plumpsen und sah auf einmal ganz traurig aus. „Der Neue is schuld", sagte er düster. – „Das Kind, das erst vor Kurzem in eure Frosch-

Gruppe gekommen ist?" – „Ja." – „Was macht er denn?" – „Der ärgert mich." – „Wie ärgert der dich?", bohrte Mami nach. „Der ärgert mich eben. Der schubst. Und tritt mich. Und lässt mich nicht mitspielen." Mami runzelte die Stirn: „Dann ist er wirklich nicht nett. Geh ihm aus dem Weg. Was ist denn mit den anderen Jungs?" Der Dauersauer senkte betrübt den Kopf. „Die anderen … sind auch gemein … sogar meine Freunde sind doof geworden …", er stockte. Langsam verzog sich Dauersauers Gesicht. Tränen sammelten sich in seinen Augen, bis sie in hellen Bächen heraussprangen und er anfing zu heulen: „Wääääh … die Jungs ärgern sich jetzt alleeee und alle hauen sich und es ist jetzt aaaalles soooo blöööööd seit dem Neuen … und nur die doofe Martha will mit mir spielen und alle haben Angst vor dem Neuen und der Neue ist der Allerblödste … und ich will nie mehr in den Kindergarten! Wääääh!"

„Jetzt mal langsam, eins nach dem anderen", sagte Mami, „also hab ich das richtig verstanden: Seit das neue Kind da ist, spielt ihr Jungs nicht mehr gut zusammen. Stattdessen streitet ihr dauernd. Und die einzige, die mit dir spielen will, ist Martha. Aber mit der willst du nicht spielen, richtig?" – „Jaaaa, so isses", jammerte der Dauersauer. „Hm", sagte Mami, „klar ist das blöd, wenn ihr Jungs euch nicht mehr so gut versteht. Aber das wird bestimmt wieder besser, wenn der Neue sich eingelebt hat, da bin ich ziemlich sicher.

Wahrscheinlich war der Umzug für ihn nicht leicht … Was ich allerdings nicht verstehe, ist, dass du nicht mit Martha spielen willst. Sei doch froh, dass sie sich um dich bemüht. Was hast du denn gegen Martha?" Der Dauersauer machte kugelrunde Augen und sah seine Mutter entgeistert und verständnislos an: „Martha ist ein Mädchen." – „Ja. Und?!", fragte Mami erstaunt. Der Fünfjährige schob den Unterkiefer vor: „Ein Mädchen! Mädchen sind doof. Mit Mädchen spiele ich nicht." – „Wie bitte?!", Mami traute ihren Ohren nicht. Der Dauersauer verschränkte entschlossen die Arme und wiederholte: „Ich spiele nicht mit Mädchen. Nicht mit Mädchen!" – „Aber ich bin doch auch ein Mädchen", wandte Mami ein. „Nö. Du bist 'ne Mami. Meine Mami." – „Aber ich war mal ein Mädchen", beharrte Mami, „und wie du weißt kann ich Lego bauen und Playmobil spielen und wenn es sein muss auch mit Autos." – „Weil ich es dir beigebracht habe." Mami lachte: „Ja. Dann bring es doch Martha auch bei. Komm, los jetzt, ich fahr dich in den Kindergarten." Der Dauersauer sah ein, dass Mami nicht lockerlassen würde. Mürrisch gab er seinen Widerstand auf und ließ sich anziehen.

Als er an der Hand seiner Mutter widerwillig den Kindergarten betrat, wartete Martha schon an der Eingangstür. Klein, zierlich, dunkle Haare, Zöpfe, Brille. „Hallo", sagte sie schüchtern. Mami lächelte: „Hallo, Martha!" Der Dau-

ersauer würdigte sie keines Blickes und tappte wortlos und schlecht gelaunt an ihr vorbei. Martha zögerte kurz, dann holte sie ihn wieder ein und fragte: „Spielen wir gleich?" – „Nö." Martha ließ sich nicht abschütteln: „Malen?" – „Nö" – „Doch, er malt gerne …", sagte Mami schnell. Martha warf Mami einen dankbaren Blick zu und verfolgte dann aufmerksam, wie der Dauersauer seine Jacke auszog, an den Haken hing und die Schuhe wechselte. Plötzlich kam ihr eine Frage in den Sinn: „Du, wie alt bist du eigentlich?" – „Fünfeinhalb", grummelte der Dauersauer. „Waaas!", rief

Martha überrascht, „erst halb fünf, also ich bin schon ganz fünf!" Der Dauersauer wusste, dass fünfeinhalb bedeutet: Fünf Jahre und sechs Monate. Seine ältere Schwester Anna hatte es ihm genau erklärt. Er sah an Martha vorbei seine Mutter an: „Ich hab dir doch gesagt, Mädchen sind doof!" Mami verdrehte die Augen. „Jetzt geh was malen mit Martha!" Martha lächelte: „Machen wir", rief sie vergnügt und zog den grummeligen Dauersauer am Ärmel in den Gruppenraum.

Wieder zu Hause, beim Mittagessen, fragte Mami: „Und, was hast du heute mit Martha gemalt?" – „Ein Flugzeug. Aber ohne Martha. Hab sie weggeschickt." – „Ach das arme Mädchen! Und mit wem hast du dann gespielt?" – „Allein." – „Und, hat das Spaß gemacht?" – „Nö", gab der Dauersauer zu. Anna mischte sich ein: „Und wieso schickst du Martha dann weg?" – „Weil ich nicht mit Mädchen spiele", entgegnete der Dauersauer und zog angewidert die Nase kraus. Da starrte Anna ihn an, als wäre er ein Außerirdischer. „Spinnst du eigentlich?", fragte sie. „Nö. Mit Mädchen kann man halt nicht spielen. Die sind bescheuert", antwortete der Dauersauer. „Und ich? Mit mir spielst du doch auch!" – „Ja, aber du bist meine Schwester", antwortete der Dauersauer ohne aufzusehen und mampfte einfach weiter. Anna blickte ihren Bruder ungläubig an: „Aber meine Freunde spielen ja auch mit mir und ich bin nicht die Schwester von Yussef und auch nicht die von Enzo oder Leopold! Die spielen trotzdem mit mir und ich mit ihnen! Ich finde es toll, dass ich Freundinnen habe und Freunde. Mit Jungs spiel ich Fußball und mit Mädchen turn ich und alle zusammen spielen wir Fangen." Der Dauersauer schwieg. Mami nickte: „Tja, mein Schatz, denk da mal drüber nach!" – „Nö." – „Doch!", rief Anna. „Nö.", beharrte der Dauersauer. „Doch! Weißt du was? Morgen hab ich schon nach der 4. Stunde Schule aus. Da komm ich mit beim Abholen. Dann werden wir ja sehen …"

Gesagt, getan. In Dauersauers Kindergarten, der früher auch Annas Kindergarten gewesen war, gab es von 12 bis 13 Uhr „Abholzeit". Die Kinder gingen dann zum Spielen nach draußen. Punkt 12 Uhr riss Anna am nächsten Tag die Tür zur Froschgruppe auf. „Hallo! Ich bin Anna. Wer ist Martha?", fragte sie in die Runde und 19 Kinder blickten sie überrascht an. „Ich", kam es aus der Bauecke schüchtern zurück. „Gehen wir schaukeln?" – „Gern", erwiderte Martha, die Anna vom Sehen kannte, und die beiden rannten nach draußen.

Sie schaukelten gar nicht lange, da kamen andere Mädchen aus der Froschgruppe in den Garten und riefen: „Kommt ihr mit da rüber zu den Kräutern? Wir bauen den Marienkäfern ein Haus, helft ihr mit?" – „Klar!", entgegnete Anna und sie und Martha sprangen von den Schaukeln. Zusam-

men liefen alle über die Wiese ans andere Ende des Gartens. Dort wuchsen Schafgarbe und Kräuter und darauf saßen immer besonders viele Marienkäfer. Die Kinder sammelten kleine Äste und Blätter und bauten ein wackliges Haus. Fünf Marienkäfer wurden behutsam eingesammelt und sanft darauf geschoben. Am blauen Himmel knubbelten sich dicke weiße Wolken, die wie Blumenkohl aussahen. Die Wiese leuchtete smaragdgrün und die rosa Rosen an den Hecken dufteten. Was für ein prachtvoller Tag! Die Mädchen hatten viel Spaß und lachten und kicherten und ließen weitere Marienkäfer über ihre Arme krabbeln.

Ganz in der Nähe gab es ein Spielhaus aus Holz. Drinnen stand, versteckt im Dunkel, der Dauersauer. Mit grimmigem Gesicht beobachtete er alles und ließ seine Schwester, Martha und die Mädchen nicht aus den Augen. Fast war er nicht zu sehen in dem kleinen Häuschen, aber Anna entdeckte ihn trotzdem. Ohne sich das anmerken zu lassen, sagte sie extra laut: „Macht echt Spaß mit euch! Schade, dass ich nicht mehr im Kindergarten bin, sonst könnten wir jeden Tag spielen! Sag mal, Martha, wollen wir uns heut oder morgen verabreden?" – „Oh, ja, gern, wir machen was aus!", antwortete Martha erfreut.

Da ertönte eine Stimme, laut, ungehalten und energisch: „Nein!" Überrascht sahen die Kinder in die Richtung, aus der die Stimme gekommen war. Der Dauersauer trat aus dem Haus ins Tageslicht: „Anna! Du bist nicht mehr im Kindergarten. Wenn sich jemand mit Martha verabredet, dann ich!" Martha blieb der Mund offen stehen. Dann sagte sie: „Echt? Ja, dann – gerne!" Sie strahlte. Anna lächelte. „Prima, soll mir recht sein. Dann besuchst du meinen Bruder heute Nachmittag. Und vielleicht darf ich ein bisschen mitspielen?" – „Gern!" antwortete Martha. „Vielleicht …", erwiderte der Dauersauer.

Tatsächlich klappte es mit der Verabredung, und am Nachmittag besuchte Martha den Dauersauer. Er zeigte ihr sein Zimmer und seine Katze und den Garten. Als erstes schaukelten sie eine Runde. Dabei erklärte er ihr, was es bedeutete, fünfeinhalb Jahre alt zu sein: Nämlich fünf Jahre und ein weiteres halbes Jahr, also fünf Jahre und sechs Monate. „Dann bist du also ein halbes Jahr älter als ich", stellte Martha fest. Der Dauersauer war sehr zufrieden: „Genau. Dann hast du das jetzt verstanden. Wie wäre es jetzt mit Autos spielen?" – „Ok", sagte Martha breitwillig. Der Dauersauer zeigte ihr, wie man für Autos eine Schanze baut. Später kam Anna dazu und sie hörten noch zusammen ein lustiges Hörspiel, aßen Schokoladenkekse, lagen auf dem Boden und lachten sich kaputt. Als Marthas Mutter zum Abholen kam, waren Martha und der Dauersauer dicke Freunde geworden.

„Bis morgen!", rief Martha beim Abschied vergnügt. „Ja, bis morgen! Mal sehen, ob das Marienkäfer-Haus noch steht!" antwortete er und winkte ihr zu. Anna grinste: „Na, Mädchen sind doch nicht so schlimm, gell?! Jungs ja auch nicht ..." Anna und der Dauersauer klatschten ab. Der Fünfjährige lachte: „Jetzt kann der Neue rumärgern, wie er will, ich hab ja nicht nur Freunde, sondern auch Freundinnen, äh, eine jedenfalls schon mal." Und als der Tag zu Ende ging, war der Dauersauer kein bisschen mehr sauer, sondern sogar überaus glücklich. Zum ersten Mal seit langem freute er sich auf den Kindergarten. Morgen würde er nicht allein spielen müssen. In allerbester „Mädchen-können-zum-Glück-tolle-Freundinnen-sein"-Laune hüpfte er vergnügt ins Bett.

Die Schokocreme

Es war ein herrlicher, heller, blühender Frühsommer-Sonntagmorgen. Die Vögel zwitscherten. Der Wind spielte heiter mit den Blättern der Bäume und ihre Schatten tanzten mit den Sonnenstrahlen über das Parkett im Kinderzimmer. Der Winter war endgültig vorbei und die Natur atmete die Leichtigkeit des bevorstehenden Sommers. Es war einer jener wunderbaren Tage, an denen der Himmel blauer leuchtet, die Wolken weißer und die Blumen bunter und duftender sind als sonst.

Als hätte er die sonnige Stimmung in der Natur bereits in seinem letzten Traum gespürt, wachte der Dauersauer fröhlich auf. Ausgesprochen gute Laune kribbelte in seinem Bauch. Ein schöner Tag lag vor ihm, da war er sich sicher. Am Abend zuvor hatte er sich noch mit seinen Geschwistern verabredet, gleich nach dem Aufwachen – noch vor dem Frühstück – mit Bauklötzen und Tierfiguren einen Zoo zu bauen. „Gut, macht das", hatte Mami gesagt, „dann kann ich ein bisschen länger schlafen …"

So geschah es auch. Die Kinder spielten, Papi las Zeitung und Mami hatte ausgeschlafen und sich Zeit gelassen mit dem Frühstück. Aber schließlich rief sie: „Ihr könnt kommen, alles ist fertig!" Anna, Paulchen und der Dauersauer stürmten mit Getöse die Treppe herunter. Es roch köstlich nach frischen Brötchen und Kaffee. „Hmmmm! Ich will als Erster mein Schoko-Brot!" rief Paulchen. Er schnappte sich das Glas mit der Nougat-Creme, trug es mit beiden Händen zu seinem Platz und ließ sich von Papi in den Hochstuhl setzen. „Zweiter!", rief Anna, „ich komm nach Paulchen dran!"

„Mo-ment mal." Der Dauersauer hielt inne und blickte seinen kleinen Bruder missbilligend an. Dann sagte er mit Nachdruck: „Ich will nicht als Letzter mein Brötchen schmieren." Er machte eine Pause und betonte dann jedes Wort: „ICH. WILL. NICHT. ALS. LETZTER." Mami und Papi warfen sich einen raschen Blick zu. Es war klar wie Kloßbrühe: Die gute Stimmung stand auf der Kippe. Mami sagte daher schnell: „Ach Schatz, du bist nicht als Letzter dran, sondern als Dritter. Du bekommst das Glas in jedem Fall vor Papi oder mir. Ist doch prima!" – „Hm", grummelte der Dauersauer und schob den Unterkiefer vor, sagte aber vorerst nichts mehr. Zögernd setzte er sich.

Paulchen nahm ein Brötchen und versuchte unbeholfen, es dick mit Creme zu bestreichen. Sein Messer klapperte laut im Glas. Als Anna ihr Brötchen ebenfalls üppig bestrichen hatte, schob sie die Creme aber nicht zu ihrem Bruder, sondern hielt sie Mami hin. „Nö, nö, macht mal selbst", sagte Mami und stellte das Glas vor den Dauersauer. Anna sah besorgt drein: „Nee … mach lieber du." In ihrem Blick lag etwas Flehendes – aber warum nur? Mami nahm das Glas, das überraschend leicht war, und – stockte. Sie schaute hinein. Dann auf den Dauersauer. Sie hielt es nochmal dicht vor ein Auge. Dann sagte sie zögernd: „Ähhh, Schatz", hast du eigentlich schon die leckere Aprikosen-Marmelade von

der Omi probiert? Nein? Das solltest du unbedingt mal tun! Am besten jetzt!" – „Nö", antwortete der Dauersauer. „Oder Honig?" – „Nö." – „Wurst, Käse?" – „Nö" – „Lachs?" – „Nö. Ich will Schoko-Creme." Mami schwieg und warf Papi einen vielsagenden Blick zu. Dann sagte sie zögernd: „Ahem, tja, Schatz, das wird heute eher schwierig." – „Wieso? Sag, wieso denn?", fragte der Dauersauer alarmiert. „Weil die Schoko-Creme leer ist. Das tut mir wirklich leid."

Einen Augenblick herrschte Stille. Dann schimpfte der Dauersauer los: „Was, keine Schoko-Creme!? Wurde mir nichts übriggelassen?! Dann ess ich nichts! Gar nichts! Ich ess überhaupt nie wieder was! Nie wieder! Dann verhunger ich eben! Euer Pech!... Wieso haben diese Blöden" – er fuchtelte wild hin und her und zeigte abwechselnd auf seine Geschwister – „noch was gekriegt? Das ist ungerecht! Total gemein! Ich bin so sauer auf euch! Sooo sauer! Ich rede nie wieder mit euch! Merkt euch das! Und ab jetzt verhunger ich!" Mit diesen Worten verschränkte er die Arme vor der Brust, zog die Augenbrauen zusammen, blickte düster vor sich hin und schwieg.

Papi biss ungerührt und herzhaft in sein Brötchen: „Du solltest mal der Wurst eine Chance geben", schlug er knusperig vor, „die ist ein Volltreffer! Hmmm! Wirklich! Gib der Wurst eine Chance, die ist köstlich!". Anna betrachtete ihren Vater, wie er genussvoll mampfte und rief belustigt: „Der Wurst eine Chance geben! Das klingt wie bei einer Sportveranstaltung!" Sie fing an zu lachen, klatsche rhythmisch in die Hände und tat, als würde sie den Wurstteller wie bei einem Wettkampf anfeuern! „Wu-hurst, Wu-hurst! Los, du schaffst es! Du gewinnst das Brötchen von meinem Bruder! Du bist schneller als die Marmelade! Los! Vorwärts! Wu-hurst, Wu-hurst! Das ist deine Chance!" Paulchen fiel fast vom Stuhl, so kicherte er.

Das war zu viel für den Dauersauer. Er litt, und seine Geschwister warfen sich weg vor Lachen. „Ihr seid noch viel doofer, als ich dachte!", rief er unglücklich. Langsam verzog sich sein Gesicht. Tränen sammelten sich in seinen Augen, bis sie in hellen Bächen heraussprangen und er anfing zu heulen. „Wäääähäääähäää …" Es hielt ihn nicht mehr am Tisch. Er rannte die Treppe hoch in sein Zimmer.

„Hört auf zu lachen, hört auf!", kommandierte Mami. „Musste das jetzt sein? Überlegt euch lieber, wie wir das Frühstück noch retten können, falls es überhaupt noch was zu retten gibt."

Sie dachten nach. Alle vier. Von Annas oder Paulchens angebissenen Schokobrötchen etwas für ihn abschneiden? Das würde der Dauersauer sowieso nicht essen – könnte ja Spucke von den Geschwistern dran sein. Kakaopulver aufs Brötchen streuen? Das wäre zu trocken. Ging also auch nicht. Aber da hatte Anna plötzlich eine Idee. „Lasst mich mal machen!", rief sie, schnappte sich das Telefon und verschwand in der Küche. Was sie wohl vorhatte?

15 Minuten lang hörte man die Siebenjährige durch die geschlossene Tür reden, kichern, plappern, mit Schüsseln klappern, quieken und brabbeln. Der Mixer ging an und wieder aus und wieder an und wieder aus. Der Wasserhahn lief. Der Kühlschrank piepste. Was in aller Welt machte sie da? Mit wem redete sie? Und was gab es zu lachen? Paulchen, Mami und Papi wunderten sich und warteten gespannt.

Da endlich ging die Tür auf und Anna kam grinsend heraus. In der Hand hielt sie etwas, das aussah wie ein Glas Schoko-Creme. Es *war* Schoko-Creme. „Mir ist eingefallen, dass Omi doch neulich erzählt hat, wie sie Pralinen macht. Sie nimmt richtigen Kakao und vermischt ihn mit Butter und Zucker. Dazu habe ich noch ein bisschen Milch reingerührt, damit es eine schöne Creme wird. Omi hat mir am Telefon alles erklärt. Und jetzt haben wir „Extra-Original-Dauersauer-Schoko-Creme!" Triumphierend hielt sie das Glas in die Luft. Freudig machten sich alle auf den Weg in Dauersauers Zimmer, um ihn zu trösten. Sicher würde der Arme im Bett, oder womöglich sogar darunter liegen und traurig sein.

Aber als sie die Tür öffneten, staunten sie nicht schlecht. Der Dauersauer saß, sichtlich vergnügt, auf dem Boden. Vor sich hatte er Papis Tablet und zockte ein Spiel. Um ihn herum lagen etliche Schokoriegel, Schokokekse und Bonbons. Ertappt zuckte er zusammen und blickte auf: „Ich, äh, hatte eben noch geheime … äh … Vorräte, die Tante Gina und Onkel Hans mir geschenkt haben. Die müssen ja gegessen werden", sagte er verlegen. Und dann neugierig: „Was hat Anna denn da in der Hand?" Mami atmete tief durch und versuchte, gelassen zu bleiben. „Sag du mir erstmal, wie viel von diesem Zeug – sie zeigte auf die vielen Süßigkeiten – du schon gegessen hast?" Der Dauersauer gab sich alle Mühe, betreten und schuldbewusst zu wirken: „Nur drei Riegel und vielleicht zehn Kekse", gestand er und unterdrückte nur schlecht ein Grinsen. Papi schüttelte den Kopf: „Du hast es wirklich faustdick hinter den Ohren." Mami seufzte: „Also gut. Um des lieben Sonntags-Friedens Willen schlage ich vor, dass du – ausnahmsweise – trotz der vielen Süßigkeiten ein Brötchen mit Annas Schoko-Creme bekommst, falls in deinem Bauch dafür überhaupt noch Platz ist. – „Annas Schoko-Creme?", fragte der Dauersauer überrascht. Anna grinste: „Ja, ich – als deine Lieblingsschwester – habe „Extra-Original-Dauersauer-Schoko-Creme" für dich gemacht. Nach Oma Connis Rezept." Sie hielt ihm das Glas hin. „Und übrigens: wir haben vorhin am Tisch auch nicht über DICH gelacht, sondern fanden nur Papis Spruch mit der Wurst so witzig." – „Genau!", ergänzte Paulchen. – „War ja auch lustig", gab der Dauersauer jetzt großmütig zu. Er betrachtete das Glas und schnupperte an der Creme: „Hmmmm, soooo schokoladig. Dafür ist in meinem Bauch immer Platz! Toll! Echt toll! Los, kommt! Die teilen wir uns! Jetzt ist alles wieder in Ordnung."

Einträchtig und erleichtert marschierten alle die Treppe wieder hinunter, traten ins sonnige Esszimmer und setzten sich erneut an den Tisch. Nun wurde der Tag doch noch so schön, wie der Dauersauer beim Aufwachen gedacht hatte. Und er war kein bisschen mehr sauer, sondern in allerbester sonniger „Sonntags-Frühstücks-Schokobauch-Kicher-Laune".

Nasengrün

Es war ein herrlicher, warmer, sonniger Nachmittag Anfang Juni. Die Rosen dufteten und die Wiese im Garten war übersät mit Gänseblümchen. Mami stand mit geschlossenen Augen auf der Terrasse und hielt ihr Gesicht in die Sonne. „Ach, ist das herrlich,“, sagte sie und atmete ein paarmal tief ein. Als sie die Augen wieder öffnete, fiel ihr Blick auf das üppige Kräuterbeet unten im Garten. Da kam ihr eine Idee. „Kommt mal mit, ihr Drei, ich zeig euch was! Wir machen Kräutergeschmacks-Testen!“ – „Wir machen WAS …?“, fragte Anna verwundert. – „Seht ihr gleich … kommt mit!“, erwiderte Mami.

Sie marschierten den Kiesweg hinunter in den Garten zu den Kräutern. „Schaut mal hier, das ist mein Kräuterbeet.“ – „Weiß ich doch“, antwortete Anna gelangweilt, „und?“ – „Hier, probiert mal! Riecht und schmeckt und seht und fühlt die Unterschiede zwischen den Pflanzen! Die Natur ist voller Reichtum. Das Leben ist schöner, wenn man sich das immer wieder bewusst macht.“ Mami pflückte ein paar Blätter, rieb sie zwischen den Fingern und hielt sie ihren Kindern unter die Nase: „Das ist Oregano. Der kommt auf die Pizza. Hier, Thymian, daraus kann man Hustentee machen.“ Mami streifte ein paar Nadeln von einem dünnen Zweig: „Das ist

Rosmarin, lecker zu Kartoffeln. Basilikum kennt ihr von den Mozzarella-Tomaten. Und da: Zitronenmelisse, Pfefferminze und Salbei." Die Kinder schnupperten neugierig und knabberten an allem ein bisschen herum. „Ich find Pfefferminze am besten!", rief Anna. Paulchen zeigte auf den Thymian: „Ich das!" Der Dauersauer tauchte mit dem ganzen Gesicht in den großen Salbei: „Boah, riecht das gut! Mmmmmh!" Mami sammelte einige Blätter Pfefferminze. „Daraus mach ich euch einen Tee, mit Honig und einem Spritzer Zitrone. Das wird euch schmecken. Kommt!"

Der Dauersauer hatte jedoch keine Lust auf Pfefferminztee. „Ich will lieber den Salbei duften", sagte er. Mami lachte: „Du willst am duftenden Salbei riechen? Ja, später nochmal. Jetzt kommt ihr erstmal mit rein und spielt was, damit ihr hier unten keinen Quatsch macht … ich muss weiterarbeiten." Sie nahm Paulchen auf den Arm und den Dauersauer an die Hand und ging mit ihnen ins Haus zurück.

Aber kaum hatte sie ihn losgelassen, lief der Dauersauer unbemerkt zum Kräuterbeet zurück. Riss ein weiteres Salbeiblatt ab und betrachtete es. Schnupperte daran. Knabberte daran. Schnüffelte erneut. Je näher er es an die Nase hielt, desto intensiver roch es. Wie stark musste es erst duften, wenn es in der Nase drin war? Er rollte es zusammen und schob es in ein Nasenloch. Aber sobald er den Kopf bewegte,

fiel es wieder heraus. Nun drückte er das Blatt mit dem kleinen Finger höher und höher. So hoch es ging. Wenn es drin-
blieb, konnte er überall damit herumlaufen. Er hatte den guten Duft immer bei sich. Und siehe da: Es hielt. „Mami hat
recht", murmelte er vor sich hin, „mit Natur und Kräutern ist
das Leben viel schöner."

Zufrieden ging der Fünfjährige ins Kinderzimmer, um zu
spielen. Immer wieder zog er die Luft tief durch die Nase ein.
„Salbei ist wirklich mein Lieblingsgeruch." Er überlegte, ob

er noch ganz viele weitere Blätter abreißen und in der Nase und in seinem Zimmer verteilen sollte. Dann könnte er in Salbeiduft schlafen … „Hatschi!" Er musste niesen. „Hatschi!", nochmal. Seine Nase kitzelte plötzlich. Er versuchte, das Blatt zu verschieben, aber es saß zu tief, er kam nicht dran. Das war unangenehm. „Hatschi! Hatschiii!"

„Was ist los?", fragte Mami, die gerade die Treppe hochkam. Der Dauersauer zögerte mit der Antwort. Vielleicht würde er gleich Ärger bekommen. Aber das Blatt juckte mehr und mehr. „Hatschi!" – „Irgendwas ist doch", beharrte Mami, kniete sich vor ihren Sohn und sah ihm forschend in die Augen. Da verzog sich langsam Dauersauers Gesicht. Tränen sammelten sich in seinen Augen, bis sie in hellen Bächen heraussprangen und er anfing zu heulen: „Wääääh, ich hab ein Blatt in der Nase … nicht schimpfen … es kommt nicht mehr raus … wääähh …" – „Du hast was?!", fragte Mami verblüfft. „Ein Blatt in der Nase. Von dem Salbei … und das kommt nicht mehr raus … wääääh." – „Vom Salbei? Wie, das kommt nicht raus? Wie kommt es denn da rein?!" Mami nahm Dauersauers Gesicht in ihre Hände und bog es nach hinten, so, dass sie in seine Nasenlöcher sehen konnte. „Da ist nichts." – „Oh doch, oh doch", jammerte der Dauersauer, „weiter oben … wääääh." Mami seufzte und holte ein Taschentuch. „Versuch mal, dir die Nase zu putzen." Der Dauersauer schnaubte und schnaubte und blies Luft durch die Nase, dass ihm

schwindlig wurde. Aber es half nichts. Da versuchte Mami, das Blatt mit Pinzette und Taschenlampe herauszuziehen, aber vergebens. „Hm", sagte sie langsam, „das ist natürlich unangenehm. Bevor du heute Abend nicht schlafen kannst, fahren wir lieber schnell zu Dr. Timnik …"

Auch der Kinderarzt Dr. Timnik brauchte ein bisschen, bis er das Blatt mit Hilfe einer Art dünner, biegsamer Stricknadel aus der Nase bekam, aber irgendwann war es draußen. Alle lachten befreit. Dr. Timnik wuschelte dem Dauersauer freundlich über den Kopf: „Am besten, du isst die Kräuter, das ist gesünder und verursacht weniger Aufregung!" Der Dauersauer nickte artig und verständig. Er machte den Eindruck, als habe er heute etwas gelernt – nicht nur über Kräuter, sondern auch, dass man sich nichts in die Nase steckt.

Aber Ihr glaubt nicht, was am nächsten Tag passiert ist!

Der Dauersauer wanderte allein auf der Terrasse auf und ab. Wieder war es sonnig und warm. Es schien, als würde die Sonne über dem Kräuterbeet besonders hell scheinen. Er betrachtete die unterschiedlichen Grüntöne. Sooo schööön! Magisch angezogen vom Licht, den Farben und dem Duft der Kräuter schlich er hinunter zum Beet. Er schnüffelte hier, schnupperte da. Rosmarin, hmmm. Thymian, lecker. Futterte ein Blatt Minze. Und streifte um den Salbei herum.

Und konnte nicht widerstehen. Das roch einfach zu gut! Er pflückte ein Salbeiblatt ab und schob es in die Nase. Diesmal gleich richtig hoch. Dann ging er in sein Zimmer und spielte. Und genoss den Duft.

Erst am Abend, als er seine Bananenmilch trinken sollte, fand er, dass der Salbeigeschmack in der Nase irgendwie störte. Auch der Toast schmeckte komisch. Seine Nase fühlte sich geschwollen an. Er wollte das Blatt herausholen. Aber das ging nicht. Blödes Blatt, dachte er und schnaubte vor sich hin. Erst leise und unauffällig, dann, als sich nichts tat, laut und prustend. Er hörte sich an wie ein kleiner Drache. „Willst du Feuer speien?", fragte Mami amüsiert. Anna schaute ihren Bruder durchdringend an: „Nee, der will nicht Feuer spucken. Der hat wieder ein Blatt in der Nase. Stimmt's?" Mami fuhr herum: „Waaas?! Doch nicht schon wieder?! Das darf nicht wahr sein!" – „Doch", gab der Dauersauer kleinlaut zu. Er versuchte, besonders schuldbewusst und unglücklich auszusehen, damit es weniger Schimpfe gab. Mami setzte sich kopfschüttelnd an den Küchentisch. Sie warf erst einen Blick auf die Uhr und dann einen missbilligenden auf ihren Sohn. „Dr. Timniks Praxis hat längst zu, und ihn außerhalb der Sprechzeiten wegen des neuen Blatts zu Hause anrufen – das möchte ich nicht. Du wirst es entweder selbst rauskriegen oder bis morgen damit leben müssen. Und warum du das heute schon wieder gemacht hast, das ist mir sowieso ein absolutes Rätsel …"

Der Dauersauer machte große Augen. Schluckte. Dann heulte er los: „Wääääh, dann schmeckt mir aber das Abendessen nicht und nicht die Bananenmilch und nicht der Toast und schlafen werde ich bestimmt auch nicht und du hilfst mir nicht, du bist so gemein, wäääh …" Mami räumte wortlos den Tisch ab. Immer wieder schüttelte sie den Kopf.

Paulchen sah seinen Bruder besorgt an. Anna schwieg. Und überlegte. Im Kopf ging sie alles Mögliche durch. Gab's da nichts? Irgendwie muss man so ein Blatt doch auch ohne Arzt aus der Nase bekommen … Hmmm. Lieber Gott, schick mir eine Idee, bitte, betete sie. Und erinnerte sich plötzlich an einen Tag vor einiger Zeit im Frühjahr, an Karneval. Sie war stark erkältet gewesen und mit triefender Nase beim Frühstück gesessen. Der Dauersauer hatte sich nah neben sie gesetzt – voller Vorfreude auf die Kindergarten-Party und schon verkleidet mit einem blau-weißen Ritterkostüm. Auf dem Kopf hatte er einen Hut getragen, dessen fluffige, ausladende, knallgelbe Federn dauernd Annas Gesicht gestreift hatten. Und ihre Nase. Und plötzlich war es passiert: Sie hatte die Federn direkt in die Nase bekommen, so dass sie heftig hatte niesen müssen. Ein dicker Rotzschleimklumpen aus ihrer Schnupfen-Nase war direkt auf Dauersauers Handrücken gelandet. Und, wie man sich denken kann: In dieser einen Sekunde war aus dem Dauersauer der Supersauer geworden. Er hatte getobt, geschrien, alle wüst beschimpft, den Hut auf den Boden geworfen und war darauf herumgetrampelt. Anschließend hatte er seine Hand für 10 Minuten unter fließendes Wasser gehalten und mit der Spülbürste geschrubbt, bis sie ganz rot gewesen war. Mami hatte versucht, ihn zu beruhigen, den Hut aufgehoben, wieder in Form gebracht, ihrem schimpfenden Sohn aufgesetzt und das zeternde Kind

schließlich in den Kindergarten gefahren. Anna überlegte: „Wenn man Federn in die Nase bekommt, muss man also niesen. Das probier ich!" Sie flitzte in den Keller. Öffnete den Schrank mit den Karnevalskostümen. Wühlte herum. Fand schließlich den Hut mit den Federn.

Als sie wieder nach oben kam, verließ Mami mit Paulchen auf dem Arm gerade die Küche und kommandierte im Vorbeigehen: „Los, alle Mann nach oben ins Bad zum Zähneputzen, ob mit oder ohne Nasengrün!" Anna säuselte zurück: „Ja-ha, gleich, wir kommen gleich na-hach ..." Der Dauersauer guckte sie fragend an: „Hä ...?" Anna nickte: „Ja. Ich habe eine Idee. Wir probieren es mal mit diesen Federn. Vielleicht bringen die dich so zum Niesen, dass das Blatt rausfliegt. Komm her!" Der Dauersauer zögerte. Anna wurde ungeduldig: „Also du musst jetzt schon mitmachen. Tauch richtig in die Federn, so, dass es kitzelt." – „Federn im Gesicht sind eklig." – „Jetzt mach halt!" – „Bäääh!" – „Willst du das Blatt loswerden oder nicht?" Der Dauersauer verzog das Gesicht, seufzte und stellte sich vor Anna. Sie wuschelte mit den Federn in seinem Gesicht herum, als wolle sie ihn abstauben. Es kitzelte tatsächlich. Aber im ganzen Gesicht. Der Dauersauer musste nicht niesen, er fing an zu kichern. „Du sollst niesen, nicht lachen!" Anna war unzufrieden und bohrte die Federn geradezu in seine Nase. „Hi, hi, hi … haaaaaaaaaaaaatschi! Haaaatschiii!!!!" Der Dauersauer hatte aufgehört zu kichern. Er bekam einen Niesanfall. Und nochmal: „HAAAAAATSCHIIIIII!!!!" Und bei diesem letzten, lautesten Nieser wurde das Salbeiblatt tatsächlich aus Dauersauers Nase geschleudert – und landete, aufgeweicht und matschig, direkt auf Annas Unterarm. „Iiiiih!", kreischte sie angewidert und holte schnell ein Küchentuch, um sich abzuwischen: „Bist du bescheuert?!?! Ich helfe dir und du, du ...." Sie suchte entrüstet nach Worten, aber der Dauersauer bog sich vor Lachen: „Ha ha ha! Volltreffer! Hi hi ... Das war für deinen Nieser an Karneval! Jetzt ist es ausgeglichen, wir sind quitt! Hihihi ... Und meine Nase ist frei, Hurra! Danke! Puh, bin ich froh!"

„Was ist denn hier für ein Geschrei?", fragte Mami und kam die Treppe hinunter, „sagt bloß, ihr habt das Salbei-Problem gelöst?" – „Ja", erklärte Anna stolz, „mit den Federn hier, cool, oder?!" – „Keine schlechte Idee, das muss ich sagen. Aber", sagte Mami und wandte sich mit ernstem Blick an den Dauersauer, „wenn du sowas noch ein einziges Mal machst, dann ... dann ..." Sie überlegte eine Strafe, aber der Dauersauer unterbrach sie und machte sein treuherzigstes Gesicht: „Das mach ich nie wieder. Schon wegen der ekligen Federn nicht. Wirklich Mami. Versprochen." – „Na, hoffen wir's!" – „Echt! Jetzt wirklich nie wieder! Großes Salbei-Ehrenwort!", bekräftigte er abermals. Dann trank er rasch seine Bananenmilch aus, die nun wieder schmeckte und sauste erleichtert und strahlend an Mami vorbei, putzte Zähne und huschte ins Bett – in befreiter und allerbester „Nie-wieder-Nasen-Kräuter-Laune".

Sushi

Missmutig stocherte der Dauersauer in seinem Mittagessen herum. „Quinoa mit Gemüse. Bäääh! Das ess ich nicht. DAS. ESS. ICH. NICHT." Mami tat, als hörte sie seine Beschwerden nicht. Der Dauersauer stützte seinen Kopf mit der Hand ab und ließ sein ganzes Gesicht abrutschen. Es verzog sich, so dass eine Gesichtshälfte ganz schräg und gruselig aussah. „Bähhh. Schmeckt einfach nicht. Ich bin sauer." Mami beachtete ihn immer noch nicht. Da stand er auf und zog ein Kochbuch aus dem Regal – eins der größten. Der Fünfjährige musste sich tüchtig anstrengen, um es zum Tisch zurück zu bugsieren.

Er pfefferte es neben seine Mutter, schlug es auf und zeigte auf die abgebildeten fotografierten Speisen: „Da! Guck doch! So ein Essen will ich haben! Koch doch sowas!" Er blätterte eine Seite um: „Guck – und da! Sowas will ich! Oder sowas! Es gibt so viele tolle Sachen und ich muss essen, was ü-ber-haupt nicht schmeckt!" – „Jetzt reicht's!" Mami wurde ärgerlich: „Wenn du lesen könntest, wüsstest du, was unter den Fotos steht, nämlich ‚gebackene Forellen mit Rucolaschaum' oder ‚geschmortes Kaninchen mit Fenchel', das würdet ihr doch nie im Leben essen! Und ich kann nicht jeden Tag Pfannkuchen machen!" Mami stand ruckartig auf, so dass ihr Stuhl ein scharrendes Geräusch machte: „Ich kann auch aufhören zu kochen! Jeden Tag dieses Theater! Jeden Tag schmeckt einem von euch irgendwas nicht! Das nervt langsam! Mir reicht's!"

Mami ging auf die Terrasse und starrte mit verschränkten Armen ins Grüne. Die Kinder folgten ihr bis vors Wohnzimmerfenster. „Sie ist heute echt schlecht gelaunt", stellte Anna fest. Der Dauersauer zuckte die Achseln: „Da ist sie selbst schuld. Soll sie halt besser kochen. Es hat ja gestern auch schon nicht geschmeckt. Und vorgestern auch nicht ..." Paulchen zupfte an Annas Ärmel: „Soll ich mit ihr kuscheln?" Anna schüttelte den Kopf: „Nee, wir lassen sie lieber kurz in Ruhe." Die Kinder marschierten zurück in die Küche. Dauersauers Blick fiel auf das Telefon. „Mensch, Anna!", rief er, „wir könnten Pizza bestellen!" – „Hab ich noch nie gemacht", erwiderte Anna. „Und wenn wir Papi anrufen, dass er Hamburger holt oder Döner?" – „Tzzzzz", machte Anna, „nein, wir essen das Zeug jetzt und dann fragen wir halt nachher, ob sie morgen was kochen kann, was Kinder auch mögen ..."

Da flog die Tür auf und Mami rauschte herein. Sie sah gar nicht mehr so schlecht gelaunt aus. „Wo ist das Telefon? Ich ruf Papi an!" Der Dauersauer guckte mürrisch: „Papi anrufen wollten wir auch grad. Uns beschweren." Mami überhörte das und griff nach dem Handy. „Hallo. Ich bin's! Ich brauch eine Kochpause und die Kinder anscheinend auch. Wollen wir uns in einer halben Stunde in der Stadt zum Mittagessen treffen? Ausnahmsweise? Wir fünf? Und weißt du, was ich vorschlagen würde? Eins der japanischen Restaurants ..."

Etwa 30 Minuten später hatten sie einen Tisch beim Japaner und bekamen Sushi serviert. Sushi, das sind kleine Reishappen mit Fisch und Gemüse. Die Kinder waren auf den ersten Blick begeistert von den bunten Häppchen, die mehr nach Pralinen aussahen als nach Reis mit Fisch. „Bist du sicher, dass das nicht schon der Nachtisch ist?", fragte Anna erstaunt. Mami lächelte: „Ja, ganz sicher. Hier, die Stäbchen, mit denen wird gegessen." – „Hä? Stäbchen? Ich dachte, das sind Strohhalme?" wunderte sich der Dauersauer. Papi schüttelte den Kopf: „Nein, das sind Stäbchen. Die Japaner essen nicht mit Messer und Gabel, sondern hiermit. Probiert es mal, bevor Mami euch alles wegfuttert." Er zeigte, wie die Stäbchen gehalten werden mussten. Und wie man ein Sushi damit einklemmte, in ein Schälchen mit Soja-Soße tauchte und dann aß.

Anna versuchte es, aber das erste Sushi landete auf der Tischdecke. „Macht nichts", meinte Mami, „versuch's gleich nochmal. Muss man üben." Anna legte sich die Stäbchen sorgfältig in die Hand und konzentrierte sich. Und siehe da: Schon schaffte sie es, ihr erstes Sushi in den Mund zu manövrieren. „Hm! Lecker!", rief sie überrascht aus.

Paulchen fackelte nicht lange. Er hatte schließlich Hunger. Er nahm ein einzelnes Stäbchen, haute es wie einen Spieß in die Mitte eines Röllchens und verschlang es. „Hmmm. Guuuut."

Der Dauersauer zögerte. Denn größer als sein Hunger war sein Ehrgeiz, wie seine große Schwester mit Stäbchen zu essen. Aber er ahnte, dass das schwierig werden könnte. Sorgfältig legte er sich die Stäbchen in der Hand zurecht und konzentrierte sich. Aber das erste Sushi landete auf dem Tisch. Scheibenkleister. Na gut, das war Anna auch passiert. Das zweite landete auf dem Fußboden. „Mist!" Das dritte Röllchen landete auf seiner Hose. Schnell griff er mit den Fingern zu und stopfte es sich in den Mund. „Lecker!", stellte er fest und streckte erneut die Stäbchen nach dem Teller aus. „Upps!" Diesmal flutschte das Sushi durch die Luft und landete in Papis grünem Tee. „Ach Kind!", sagte Papi verdrossen, „wenn so viel daneben geht, werde ich am Ende gar nicht satt. Jetzt pass aber mal auf!" Der Dauersauer guckte griesgrämig. „Versuch ich ja!!!" Wieder landete ein Sushi auf dem Tisch. „Scheiße!" – „Hey! Das will ich nicht hören!", sagte Mami und warf dem Dauersauer einen

strengen Blick zu, „dann iss es doch so wie Paulchen!" –
„Nein!! Ich will es so essen wie Anna!", rief der Dauersauer.
Und weil er anfing, sich aufzuregen, wurde er hektisch. Da
passierte es: Beim nächsten Versuch – flupp – rutschten die
Stäbchen überkreuz und schleuderten das Häppchen in die
Luft. Es flog und flog und landete – im üppigen Ausschnitt
der älteren Dame am Nachbartisch.

Die Frau quiekte erschrocken: „Ihhhhhh!" Der Dauersauer
erstarrte. Papi erhob sich rasch, deutete eine Verbeugung
an und entschuldigte sich. Mami entschuldigte sich auch.

Alle anderen, Anna, Paulchen, und die Gäste am Tisch der
älteren Dame hatten dagegen Mühe, ernst zu bleiben. Und
als Paulchen schließlich losprustete, stimmten alle schal-
lend in das Gelächter mit ein. Alle – bis auf den Dauersauer.
Der lief rot an. Lachten jetzt alle über die Frau, die gerade
Lachs und Reis aus ihrem Pullover angelte, oder über ihn,
den Dauersauer, der nicht mit Stäbchen essen konnte? „Ihr
seid so blöd! Alle! Ich ess eh lieber Pizza! Nur noch Pizza!
Oder Würstchen! Mit Kartoffelsalat! Ich wollte hier sowieso
nicht hin! Ich kann nichts dafür! Diese doofen Stäbe! Diese
bescheuerten Sushi! Nie wieder will ich hier her! Ihr seid
echt gemein! Ich bin so sauer! Und jetzt lachen alle noch so
doof!"

Aber die anderen lachten weiter. Da verzog sich langsam Dauersauers Gesicht. Tränen sammelten sich in seinen Augen, bis sie in hellen Bächen heraussprangen und er anfing zu heulen: „Wäääh ich kann das nicht … wääääh … ich hab so Hunger … ihr seid so dohohooof! Und gemeiheihein …"

Da verstummte das Gelächter. Die ältere Dame beugte sich zum Dauersauer hinüber: „Ach Jungchen, is doch nichts Schlimmes passiert!", tröstete sie. Anna nickte: „Also diesmal kannst du echt nichts dafür!" Aber der Dauersauer heulte weiter. Anna überlegte, wie sie helfen könnte. Ihm normales Besteck beschaffen? Das würde ihn kränken. Ihn füttern? Wäre wohl noch schlimmer. Hund spielen und direkt vom Teller essen? Ging nicht, sie waren ja im Restaurant. Sie grübelte.

Da fiel ihr Blick zufällig auf eine Familie an einem Tisch in der Nähe. Dort saßen ebenfalls kleine Kinder. Sie aßen problemlos mit Stäbchen. Anna sah genauer hin. Diese Stäbchen rutschten nicht auseinander, weil sie ganz hinten mit einem Gummi festgezurrt waren. Man konnte sie benutzen wie eine Pinzette. Das ist die Idee! Anna stand auf und hielt Ausschau nach einem der Kellner. Ah, da war ja einer. Aber der Kellner verstand sie nicht. Da packte ihn die Siebenjährige kurzerhand am Ärmel und zog ihn zum Tisch der anderen Familie. Dort zeigte sie auf die zusammengebundenen Stäbchen und dann quer durch den Raum auf ihren Bruder: „Sowas brauchen wir auch!"

Der Kellner lächelte. Er hatte verstanden. Ein Griff in die Schublade und kurz darauf hatte der Dauersauer die Gummi-befestigten Stäbchen in der Hand. Er hörte auf zu Weinen. Drückte sie zusammen. Ließ sie wieder auseinander. Und drückte sie wieder zusammen. Zwickte sich damit in den Arm. Es funktionierte. Dann griff er sich ein Sushi. Hob es in die Luft. Balancierte es langsam zum Mund. Und schwupps, kaute er begeistert darauf herum: „Köschtlich!", mampfte er glücklich. „Yeah!", rief Anna. Die älteren Herrschaften am Nachbartisch applaudierten. Erleichtert klatschten auch Mami und Papi Beifall. Der Dauersauer strahlte übers ganze Gesicht und aß elegant das nächste Sushi. Die ältere Dame, die sich noch immer einzelne Reiskörner aus dem Ausschnitt pulte, sah entzückt auf den Dauersauer: „Is' ja nich' zu glauben, wat is der niedlich!" Und die andere ältere Dame ergänzte mit Blick auf Anna und Paulchen: „Aber auch die anderen beiden sind sooo wat von süß! Na also, et hätt noch immer jot jegange … Und wissen Se, wat wir jetzt machen? Wir schieben de Tische zusammen und bestellen noch wat!"

Gesagt getan. Die Tische wurden zusammengeschoben und weitere Sushi geordert. Später spendierten die beiden älteren Ehepaare den Kindern Mango-Eis, während Papi im Gegenzug die Erwachsenen zu einem Gläschen Pflaumenwein einlud. „Na dann, so jung komm wer nich mehr zusammen!", lachten die Gäste und prosteten sich zu. Mami lächelte: „Wie gut, dass die Kinder mit meinen Kochkünsten unzufrieden waren, sonst hätten wir dieses tolle Mittagessen nicht erlebt. Auf die supernetten Düsseldorfer! Prost! Ich liiiiebe das Rheinland!" – „Wir auch!", riefen die Kinder vergnügt. „Und Sushi!", rief der Dauersauer und hielt den Daumen nach oben. Er war an diesem Tag überhaupt kein bisschen mehr sauer, sondern voller vergnügter „Japan-Sushi-Mampf-Laune".

Der neue Roller

Anna kam aufgeregt aus der Schule nach Hause. Sie hatte am Vormittag ihr erstes Schulzeugnis bekommen. Auf festem Papier mit viel Text und dicken blauen Stempeln und Unterschriften. Und: es war gut ausgefallen, genau genommen sogar sehr gut.

„Das schreit ja geradezu nach einer Belohnung", sagte Mami, als sie das Blatt lächelnd aus der Hand legte. „Jaaaa! Hurraaaa!", jubelte Anna. „Aber dann will ich auch was!", rief der Dauersauer alarmiert. Paulchen machte große Augen. Dann beugte er sich über das Papier. Mit seinen Händen bildete er einen Schalltrichter um die Ohren und nuschelte: „Psssst! Psssst! Psssst!" Er sah unglaublich angestrengt aus und rollte die Augen hin und her. Dann stellte er enttäuscht fest: „Ich hör nix." Mami betrachtete ihn verwundert: „Was in aller Welt hörst du nicht?" – „Na, wie das Zeugis nach der Belohnung schreit. Was will denn ein Zeugis als Belohnung?" Mami, Anna und der Dauersauer mussten lachen. „Ach Paulchen, Liebling, das sagt man nur so. Ein Zeugnis kann nichts rufen. Ich wollte einfach damit sagen, dass sich Anna wirklich eine Belohnung verdient hat, weil sie sich in der Schule mächtig angestrengt hat", erklärte Mami. Der Dauersauer schaute noch besorgter drein: „Und wieso nur Anna? Anna, immer nur Anna! Dabei hab ich mich im Kindergarten auch angestrengt …" – „Im Kindergarten, pfft!", kommentierte Anna ein wenig hochnäsig. „Nein, er hat recht", widersprach Mami entschieden. „Er hat sich wirklich Mühe gegeben, schöne Bilder gemalt und tolle Türme gebaut. Und noch wichtiger: Frau Doldi-Böck hat erzählt, dass er sich immer an die Spielregeln hält. Und was Paulchen angeht: er hat sich neulich ein paar Mal allein beschäftigt, damit ich den Keller aufräumen konnte. Außerdem zermatscht er Kartoffeln nicht mehr in der Hand, zumindest nicht, wenn Oma da ist, sondern isst sie mit dem Löffel. Darüber bin ich sehr froh. Weißt du, Anna, du machst das super in der Schule, aber deine Brüder sind – jeder für sich und auf eigene Weise – auch klasse. Kurz gesagt: ich finde, ihr habt euch alle drei eine Belohnung verdient. Und", fügte sie hinzu und kniff Anna neckend in die Backe, „du kannst dein Geschenk doch bestimmt viel mehr genießen, wenn deine Brüder auch etwas bekommen, oder?!" – „Hmm … och ja", antwortete Anna und zuckte die Schultern, „mir eigentlich egal, ob die was kriegen." – „Mir nicht!" – „Mir auch nicht! Hihi!" Als Anna sah, wie glücklich ihre Brüder auf und ab hüpften, kam ihr allerdings der Gedanke, dass es vielleicht wirklich schöner ist, wenn alle vergnügt sind und keiner leer ausgeht. Und so kam es auch.

Unterwegs telefonierten sie mit Omimi, Mamis Mutter, die sich mitfreute und zusagte, zu den Geschenken etwas Geld

dazuzugeben. Anna suchte sich eine Puppe aus. Der Dauersauer, der an diesem Nachmittag kein bisschen sauer war, bekam einen dunkelblauen Roller. Und Paulchen entschied sich
für einen kleinen Stoffpinguin, den er Poldi nannte. Wieder
zu Hause verschwand Anna sofort in ihrem Zimmer, um zu
spielen. Der Dauersauer probierte seinen Roller aus und sauste kreuz und quer vor dem Haus herum, durch Pfützen, übers
Gras und den Bordstein rauf und runter. Paulchen tappte,
wie es ihm gerade in den Sinn kam, mit seinem Pinguin von
Mami zu Anna, zum Dauersauer und zurück.

So ging der Nachmittag zu Ende und die Kinder erschienen müde, aber glücklich zum Abendessen. Sie hatten Papi viel zu erzählen.

Anschließend machten sie sich ohne Widerrede auf den Weg nach oben und zogen die Schlafanzüge an. „Langsam kommt ihr mir ja richtig unheimlich vor, so brav, wie ihr seid", sagte Mami und lachte. „Ja, ich freu mich halt so über das gute Zeugnis und noch viiiel mehr über die Puppe und überhaupt und dass ich sie jetzt gleich mit ins Bett nehmen kann", plapperte Anna vergnügt und drehte sich mit der Puppe wie im Tanz um die eigene Achse. „Ich nehm' auch Poldi Pinguin mit ins Bett", sagte Paulchen und drückte sein Gesicht zärtlich in den Pinguinbauch.

Da blieb der Dauersauer wie angewurzelt stehen. Sein Blick heftete sich auf seine Geschwister und ging von einem zum anderen. Er dachte kurz nach. Dann sagte er laut und deutlich: „Papi, hol den Roller aus der Garage."

Einen Augenblick war Stille. Jetzt waren es Mami und Papi, die wie angewurzelt stehen blieben. Sie ahnten, dass es vorbei war mit der Friede-Freude-Eierkuchen-Stimmung. Und sie sollten Recht behalten. „Wieso den Roller?", fragte Papi vorsichtig. „Weil ich den mit ins Bett nehme", antwortete der Dauersauer ruhig und bestimmt. „Kommt nicht in Frage", erwiderten

Mami und Papi wie aus einem Mund. „Doch!" – „Nein!" – „Doch, werd ich wohl!" – „Nein. Wirst du nicht!" Der Dauersauer zog die Augenbrauen zusammen und machte ein motziges Gesicht: „Das ist gemein! Wieso nicht?" Mami schüttelte nachdrücklich den Kopf: „Weil der Roller ein Metallroller ist, mit dem kannst du schlicht nicht kuscheln, du würdest dir wehtun. Außerdem ist er schmutzig, weil du überall damit herumgefahren bist. Ein Roller ist kein Kuscheltier. Punkt."
Der Dauersauer merkte, dass hier nichts zu machen war. Da verzog sich langsam sein Gesicht. Tränen sammelten sich in

seinen Augen, bis sie in hellen Bächen heraussprangen und er anfing zu heulen: „Das ist so gemein, so gemein! Diese beiden Doofen da" – er fuchtelte mit dem Zeigefinger wild zwischen seinen Geschwistern hin und her – „dürfen ihre Geschenke mit ins Bett nehmen, aber ich nicht! Das ist ungerecht! Total ungerecht! Ihr seid so blöd! Ich bin so sauer, soooo totaaal sauer, ich rede nie wieder mit euch, nie wieder! Merkt euch das! Ich find euch alle blöd! Ich will meinen Roller haben! Im Bett! Ich finde ihn kuschlig! Das könnt ihr mir nicht verbieten! Wäääähhh ..."

Der Dauersauer heulte so laut, dass Papi schnell die Fenster schloss. Mami seufzte tief, kniete sich vor den Dauersauer und ergriff seine Hände. „Wir verbieten dir nicht, den Roller kuschlig zu finden. Aber wir möchten nicht, dass du ihn mit ins Bett nimmst. Von mir aus, als Kompromiss, holen wir ihn aus der Garage und stellen ihn in den Flur. Aber mit ins Bett kommt er nicht. AUF GAR KEINEN FALL!" Der Dauersauer heulte weiter. Keiner verstand ihn. Er fühlte sich so allein, obwohl doch seine ganze Familie um ihn herum war. Die ganze Familie? Keiner hatte bemerkt, dass Anna längst nicht mehr dabeistand. Wo war sie?

Während der Dauersauer schluchzte, Mami und Papi versuchten, ihn zu beruhigen und Paulchen ratlos von einem zum anderen schaute, saß Anna in ihrem Zimmer auf dem

Boden und bastelte. Mit Feuereifer malte sie den Umriss eines Rollers auf ein großes Stück dicker Paket-Pappe. Er war gar nicht leicht auszuschneiden, aber es gelang. Anschließend beklebte sie ihn von beiden Seiten mit dunkelblauem Samtstoff von ihrem zu klein gewordenen Prinzessinnenkleid. „Wie gut, dass ich es noch nicht weggeworfen habe", kicherte sie vor sich hin. Sie freute sich schon jetzt auf das Gesicht ihres Bruders. Dann entfernte sie sorgfältig, was an Stoff überstand und malte Räder und Griffe mit dickem, schwarzem Wachsmalstift. Überall, wo es ihr wichtig schien oder schön aussah, malte sie mit Goldstift eine Schraube hin. Als alles fertig war, band sie

zuletzt noch eine rote Geschenkschleife um den Lenker. Sie trat einen Schritt zurück und begutachtete ihr Werk: „Prima. Genauso hatte ich es mir vorgestellt." Anschließend rannte sie nach unten: „Hey, ich hab die Lösung! Schaut mal, hier, ein Roller zum Kuscheln!" Der Dauersauer blickte auf. „Hä?"

Er staunte nicht schlecht. Von allen Seiten begutachtete er die Bastelarbeit seiner Schwester. Dann sagte er strahlend: „Ist der toll! Suuuper!" – „Puh!", Papi schnaubte erleichtert, er klang wie ein Pferd. Paulchen riss die Arme hoch: „Jubel-Dubel! Jubel-Dubel!", rief er. „Danke Anna, klasse Idee!", sagte Mami anerkennend. Anna lächelte. „Ja, Mami, es ist tatsächlich schöner, wenn alle vergnügt sind und keiner traurig ist." Der Dauersauer schnappte seinen Stoffroller: „Wer als erster im Bett ist! Ich gewinne!" rief er und rannte ins Bad, um Zähne zu putzen. Seine Geschwister rannten hinterher. „Schlafen gehen ist überhaupt die beste Idee!", lachte Mami.

Keine fünf Minuten später schlüpften die Kinder unter ihre Decken. Vergnügt und glücklich. Und der Dauersauer war kein bisschen mehr sauer, sondern in zufriedener „Kuschel-Roller-sind-die-besten-Roller-Laune".

Suup-os-oniooo

Es waren Sommerferien – aber das Wetter war wie im Herbst. Es war kühl und über den Dächern der Stadt hingen dicke graue Wolken. Es schien, als hätten sie sich in den Giebeln der Häuser und in den Zweigen der höheren Bäume verfangen, so dass der Wind sie einfach nicht wegwehen konnte. Manche Wolken waren zementgrau, andere mausgrau, wieder andere steingrau – aber alle eben grau. Es regnete jeden Tag, und das schon seit zwei Wochen. Die Blumen beugten sich unter der Wasserlast. Die Kinder waren nicht minder betrübt und ließen die Köpfe ebenfalls hängen.

Nachdem alle Bauklötze verbaut, jedes mögliche Bild gemalt und alle Knetmasse unbrauchbar geknetet worden war, wusste der Dauersauer so gar nichts mehr mit sich anzufangen. Da bot er Mami seine Hilfe an. „Kann ich was helfen? Bügeln vielleicht?" – „Na, das ist aber nett, dass du fragst. Bügeln ist für einen Fünfjährigen allerdings wohl noch nicht das Richtige", antwortete Mami, „aber wenn du möchtest, kannst du mir helfen, die Wäsche aufzuhängen." – „Ok, dann geh ich in den Keller. Ich trag den Wäschekorb mit der Schmutzwäsche schon mal runter." – „Nein, lass es sein, der ist zu schwer für dich." – „Nö! Ich bin doch schon fünfeinhalb und ich kann das", sagte der Dauersauer und griff entschlossen nach dem Korb. Bevor seine Mutter ihn aufhalten konnte, machte er sich auf den Weg zur Treppe. Die Wäsche stapelte sich so hoch, dass er gar nicht sehen konnte, wo er hintrat.

Und – Ihr werdet es Euch denken können – das ging nicht lange gut.

Er schaffte es aus dem Bad, wankte durch den Flur, betrat die Treppe – und schon beim nächsten Schritt trat er ins Leere. Mitsamt dem Korb stürzte er die Stufen hinunter. Er schlug mit dem Gesicht gegen den Schuhschrank im Erdgeschoss. „Auuuaaa!"

Mami rannte sofort zu ihm. „Oh nein! Ist dir was passiert?!", fragte sie besorgt und zog ihn liebevoll in ihre Arme. Der Dauersauer wollte tapfer bleiben und schniefte nur kurz: „Nee geht schon …" weiter kam er nicht. Mami nahm sein Gesicht in beide Hände und hob es zu sich empor, um ihn genauer zu betrachten. „Ach herrje, du blutest ja!" Vorsichtig schob sie mit dem Daumen die Lippe nach oben … und seufzte: „Oje, sieht so aus, als wäre ein Stück Zahn weg. Es blutet stark, ich kann nicht einschätzen, wie schlimm es ist. Ich fürchte, wir müssen zum Zahnarzt." – „Neeeiiiiin, bloß nicht!!!!", rief der Dauersauer entsetzt und schüttelte energisch den Kopf. Aber Mami ließ sich nicht umstimmen. Die Wäsche blieb liegen, wo sie war, Mami holte Jacken und Regenschirme für ihren Sohn und sich und los ging's.

Der Zahnarzt stellte fest, dass sogar an zwei Zähnen etwas abgebrochen war, aber das waren nur Milchzähne. Sie wackelten und würden bald ausfallen. Das Zahnfleisch und die Lippe hatten bereits aufgehört zu bluten. Obwohl es noch leicht schmerzte, wollte der Dauersauer nicht jammern: „Siehst du Mami, kein Problem, hab ich dir doch gesagt ..." – „Ja, da hast du wirklich einen Schutzengel gehabt. Und ich muss sagen, du bist wirklich tapfer", sagte Mami, „sag mal, würde es dir eine Freude machen, wenn wir nachher Hamburger und Pommes holen? Dann mache ich euch jetzt als erstes einfach schnell einen Obst-und Gemüseteller ..." – „Das wäre suuuuuper! Nicht das Gemüse, aber die Hamburger!" rief der Dauersauer begeistert. Hamburger waren sein Lieblingsessen. Kaum zu Hause angekommen, sauste er zu seinen Geschwistern: „Leute, heute ist unser Glückstag! Es gibt Burger und Pommes zum Abendessen!!!" – „Yeah!", rief Paulchen und Anna hüpfte vor Freude: „Jippieeee! Endlich mal Abwechslung in dieser ganzen Langeweile!!" Einige Zeit später fuhren sie vergnügt los ...

... und machten sich bald darauf mit langen Gesichtern und leeren Händen wieder auf den Heimweg. Das Burger-Restaurant wurde renoviert und war geschlossen. Anna schlug vor: „Lasst uns doch woanders Hamburger und Pommes holen." – „Nein, das nächste Restaurant ist über eine Stunde von hier entfernt. Die Zeit habe ich nicht. Wir fahren wieder nach Hause", sagte Mami bedauernd. Der Dauersauer, der so tapfer gewesen war beim Sturz von der Treppe und beim Zahnarzt, war maßlos enttäuscht. Er hatte extra großen Hunger gehabt und sich schon sooo gefreut. Langsam verzog sich sein Gesicht. Tränen sammelten sich in seinen Augen, bis sie in hellen Bächen heraussprangen und er anfing zu heulen: „Wäääähäääähäää, dann werde ich eben verhungern. Ich esse nichts anderes. Ich werde überhaupt nie wieder was essen. Wäääähhhäääähhhäää, alles ist dohohoooof, das Wetter und der Sommer und die Ferien und die Treppe und die Burger … und mir schmeckt nichts anderes … das ist sooo gemein! Ich bin echt sauer, totaaal sauer!" Auch Paulchen und Anna waren traurig. Mami seufzte: „Das tut mir wirklich leid, ist aber jetzt einfach nicht zu ändern. Dann mache ich eben Spaghetti mit Tomatensoße, das mögt ihr doch auch." – „Nö, heute nicht, auf keinen Fall", erwiderte Anna unzufrieden.

Zuhause angekommen wollte sie gerade griesgrämig die Treppe nach oben stapfen, als ihr Blick auf das Paket von Nachbar Häberle fiel. Mami hatte es dem Postboten abgenommen, weil Häberles nicht zu Hause gewesen waren. Herr Häberle war Mamis Lieblingsnachbar. Er war ungefähr 70 Jahre alt, gutaussehend, humorvoll und voller Tatkraft. Früher hat er eine große Firma geleitet. Mami meinte öfters, dass er einen klugen Kopf und ein großes Herz hat und dass er ein Vorbild für uns alle ist. Und immer, wenn sie mit ihm gesprochen hatte, sagte sie hinterher lächelnd,

„wie kann man nur so strahlende Augen haben wie der Herr Häberle!"

Anna überlegte: „Hm, was Häberles heute Abend wohl essen …?". Kurz entschlossen griff sie nach dem Paket: „Mami, soll ich es rüberbringen?" – „Klar, du kannst es versuchen, wenn du bei diesem Wetter raus willst, vielleicht sind sie wieder zuhause", antwortete Mami, „ich fang jedenfalls mal an zu kochen."

Anna lief schnell quer über die Straße durch den Regen zur Villa des Ehepaars Häberle. Sie drückte die Klingel auf dem messingglänzenden Namensschild. Herr Häberle öffnete. „Ach hallo! Kleine Anna, hast du Post für mich?" – „Jaaa, ich hab ein Paket und eine Frage. Also hier ist erst mal das Paket", sagte Anna und reichte es ihm, „und dann … äh, wollte ich noch was fragen … Sie kochen doch so gern, oder? Und Ihre Frau auch? Meine Mutter wollte uns heute Hamburger holen, aber das hat nicht geklappt. Die ganzen Ferien ist alles total blöd … deshalb … wäre es denn …", Anna wurde etwas verlegen, „… vielleicht möglich, dass wir bei Ihnen essen? Sie könnten uns doch etwas kochen? Etwas, was wir nicht so oft haben, etwas anderes als Nudeln mit Tomatensoße? Das müssen wir nämlich ansonsten schon wieder essen …" Herr Häberle wog überrascht den Kopf hin und her: „Hm, ausgerechnet heute kocht meine Frau gar nicht selbst. Wir haben vorhin in der Stadt viele leckere Dinge gekauft. Aber eher französische Feinkost, keine Hamburger. Und auch eigentlich nur für zwei Personen …" Er überlegte kurz, dann sagte er: „Aber gut, von mir aus. Wenn du willst, kannst du deine Brüder holen – wobei ich wirklich nicht sicher bin, ob euch das schmeckt, was es bei uns gleich gibt …" – „Doch, doch bestimmt", erwiderte Anna vergnügt und strahlte.

Sie drehte sich auf dem Absatz um, rannte nach Hause und stürmte an der Küche vorbei nach oben in die Kinderzimmer. „Vergesst die Spaghetti! Jungs, los, kommt, bei Häberles gibt's was zu essen! Sagt Mami nichts! Sonst hält sie uns womöglich ab. Ich leg ihr einen Zettel hin, dass wir drüben sind."

Keine zwei Minuten später standen die Kinder in der Küche des Ehepaars Häberle. Frau Häberle begrüßte sie lächelnd und begann, etliche große und kleine rosafarbene Papiertüten zu öffnen: „Willkommen ihr Drei, setzt euch! Mein Mann sagt, ihr seid am Verhungern?" – „Jaaaa!", kam die Antwort wie aus einem Munde. – „Na, dann legen wir mal los – mit dem Gegenteil von amerikanischem Fastfood." Herr Häberle pflichtete ihr lebhaft bei: „Ja, mal sehen, ob was dabei ist, das euch schmeckt. Ehrlich gesagt: ich bezweifle es. Warum? Das sind alles keine typischen Kindergerichte. Aber satt werdet ihr auf jeden Fall. Wir können euch auch einen Obst- oder Gemüseteller machen." – „Nein, nicht schon wieder!!!", riefen die Drei und blickten neugierig auf alles, was Frau Häberle auspackte.

Ruck zuck verteilte Herr Häberle Sets, Teller, Servietten und Besteck auf einem großen Glastisch. Währenddessen hantierte seine Frau mit den Kochtöpfen am Herd: „Keine Sorge, das wird schnell gehen. Alles ist vom Restaurant vorgekocht und muss nur aufgewärmt werden. "

Und in der Tat, es ging schnell. „Sooooo, bitte sehr, der erste Gang", verkündete Herr Häberle vergnügt und verteilte ölige kleine schwarze Würmer mit grünen Kräutern auf die Teller der Kinder. Anna blickte skeptisch drein: „Was in aller Welt ist das? Sieht ziemlich komisch aus …" Herr Häberle grinste von einem Ohr zum anderen: „Das sind Schnecken. Wie üb-

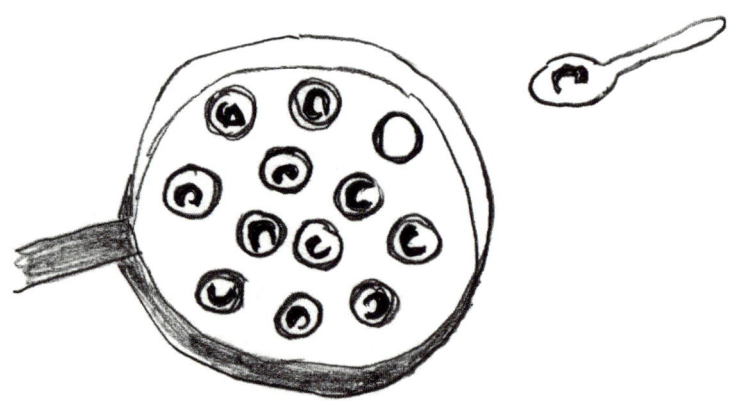

lich in Öl mit Knoblauch. Die Lieblingsvorspeise der Franzosen. Seid ihr mutig genug, sie mal zu probieren?" – „Klar", antwortete der Dauersauer ohne zu zögern. Die Schnecke verschwand in seinem Mund. „Bisschen wie Gummi, aber lecker", sagte er, „krieg ich noch mehr?" Paulchen und Anna piekten zögernd mit den Gabeln in die Schnecken. „Nicht schlecht", sagte Anna und würgte ein bisschen, „aber die eine reicht mir." – „Mir auch", meinte Paulchen, während der Dauersauer, ohne nochmal zu fragen, ratz fatz alle übrigen neun Schnecken verspeiste. „Und was gibt's jetzt?"

„Jetzt gibt es „Soupe aux onions." – „Hä, was?", fragte der Dauersauer irritiert und ahmte Herrn Häberles französische Aussprache nach, indem er sich die Nase zuhielt und wiederholte: „Suup-os-oniooo?" Herr Häberle, der sichtlich Spaß daran hatte, den Kindern etwas beizubringen, erklärte: „Also das ist eine Zwiebelsuppe. Die ist dick mit Käse überbacken. Man isst sie am besten mit frischem Baguette, also diesem Stangenweißbrot, das meine Frau gerade aus dem Ofen holt." Kurz darauf reichte er den Korb mit dem duftenden Baguette herum. Die Kinder probierten. Paulchen mampfte vergnügt vor sich hin und sagte: „Das Brot ist toll!" Anna nickte zustimmend. „Hmmm, echt lecker, das alles", stellte der Dauersauer fest. Kaum war seine Schüssel leer, versuchte er, erneut an den Topf zu gelangen: „Oh, wie schön, da ist ja noch was drin, das würde ich dann nehmen

… oder will etwa sonst noch jemand?" Herr Häberle warf seiner Frau einen fragenden Blick zu, aber sie nickte gutmütig und so schob er leise seufzend die restliche Suppe vor den Fünfjährigen. Anna hatte den Blickwechsel mitbekommen: „Nein, warte, das kannst du nicht machen, Häberles hatten noch gar nichts!" – „Doch. Kann ich", antwortete der Dauersauer knapp und fing an, direkt aus dem Topf zu essen. Herr Häberles Blick folgte dem Löffel, sooft er in Dauersauers Mund verschwand. Für den allerletzten Rest

setzte der Fünfjährige den Topf direkt an die Lippen und schlürfte alles, aber auch alles aus: „Leeecker!" meinte er zufrieden, stellte den Topf auf den Tisch zurück und wischte sich mit dem Handrücken den Mund ab.

Dann fragte er mit leuchtenden Augen: „Und jetzt?" Frau Häberle stellte lächelnd einen großen roten Topf auf den Tisch. Es duftete nach Fleisch, Gemüse, Knoblauch und Kräutern: „Coq au Vin. Das heißt übersetzt Hahn mit Wein. Keine Sorge, der Alkohol aus dem Wein ist völlig verkocht. Und auch dazu isst man frisches, knuspriges Weißbrot, weil es nichts Köstlicheres gibt, als es in die Soße zu tauchen." Der Dauersauer hielt seinen Teller als erster hin und mampfte sofort mit vollen Backen, während er gleichzeitig versuchte, Luft zu holen, um etwas zu sagen. Dann besann er sich, dass Mami immer sagte, er solle kleinere Bissen nehmen und nicht mit vollem Mund sprechen. Weil er durchaus zeigen wollte, dass er sich gut benehmen kann, schluckte er erst hinunter und sagte dann strahlend: „Hmmmm! Also Hähnchen! Also doch irgendwie Chicken Nuggets! Aber ich muss sagen, das hier ist echt besser. Stimmt's Anna?" Herr Häberle schmunzelte, öffnete eine Flasche Wein und goss seiner Frau und sich ein Glas ein: „Freut mich, dass es euch schmeckt." – „Was trinken Sie denn da?", fragte der Dauersauer neugierig. – „Rotwein, genau genommen Burgunder. Der passt hervorragend zu dem Essen", und leiser, zu seiner Frau gewandt, raunte er: „jedenfalls, wenn man welches hat." – „Oh, Sie hatten noch gar nichts!", rief Anna erschrocken. Aber Herr Häberle schmunzelte: „Jetzt esst Ihr mal, Ihr sollt ja satt werden. Wir haben bestimmt noch Käse in einer der Tüten, oder?" Er prostete seiner Frau heiter zu.

In diesem Moment klingelte das Telefon. Herr Häberle ging dran: „Ja. Ja, das stimmt", sagte er mit Blick auf die Kinder, „sie sind alle drei hier … nein, nein, machen Sie sich keine Sorgen, sie haben hier gegessen. Das heißt, sie essen immer noch. Ach so! Tja, Moment, ich frag nach …", Herr Häberle wandte sich an die Kinder: „Eure Mutter ist am Telefon. Sie hat Nudeln mit Tomatensoße gekocht. Eben hat sie Annas Zettel gefunden, auf dem steht, dass ihr bei uns seid. Wollt ihr schnell nach Hause und die Nudeln essen?" – „Nein. Auf gar keinen Fall", sagte der Dauersauer entschieden, „es gibt doch sicher noch Nachtisch, oder?" Häberles lachten. „Ja natürlich: Tarte au Chocolat – richtig schokoladiger feinschmelzender Schokoladenkuchen." – „Das klingt super", meinte Anna und fragte höflich: „Würden Sie bitte unserer Mutter ausrichten, dass wir erst nach dem Essen nach Hause kommen? Und dass es uns leid tut um die Nudeln." Herr Häberle blickte Anna aufmerksam an. Dann sprach er ins Telefon: „Also die Kinder nehmen noch den Nachtisch bei uns. Aber – mal ganz direkt gefragt – meine Frau und ich würden uns über Ihre Spaghetti freuen. Wie wäre es, wenn Sie zu uns kommen? Wir Erwachsenen essen die Nudeln und die Kinder den Nachtisch?... Ja? Wunderbar, prima, dann bis gleich!", sagte er und legte das Telefon beiseite. „Kommt Mami hierher?", fragte Paulchen. „Ja, und sie bringt die Spaghetti mit, wir freuen uns", antwortete Herr Häberle. Der Dauersauer strahlte. „Und wir freuen uns auch – auf den Nachtisch!"

Wenig später waren alle satt und glücklich – auch Häberles, denen Mamis Spaghetti mit Tomatensoße richtig gut geschmeckt hatten. Bestens gelaunt und vergnügt machten Mami und die Kinder sich wieder auf den Heimweg. Es hatte endlich aufgehört zu regnen. Die Sonne hatte die dicke Wolkendecke inzwischen aufgebrochen und leuchtete im Untergehen orange vom Himmel, als hätte es das schlechte Wetter nie gegeben. Es war deutlich wärmer geworden.

„Wie kann man nur so strahlende Augen haben", sagte Mami, wie immer, wenn sie mit Herrn Häberle gesprochen hatte. Anna lachte: „Auf diesen Satz habe ich schon gewartet!" Der Dauersauer grinste und fügte hinzu: „Und wie kann man so unfassbar gut kochen wie Frau Häberle und die Franzosen!" – „Ja", ergänzte Anna, „bis auf die Schnecken!" – „Nee, die waren super", erwiderte der Dauersauer, „ich bin eben ein Feinschmecker. Jedenfalls war es gar nicht schlimm, dass es keine Burger gab. Es war trotzdem unser Glückstag, sonst hätten wir heute nicht bei Häberles gegessen. Das war echt soooo nett von denen, die sind klasse. Und ich werde später mal Franzose von Beruf. Und ich werde kochen lernen", sagte er und hüpfte mit vollem Bauch und rundum glücklicher guter „Frankreich-Genießer-Essens-Mampf-Laune" in sein Zimmer.

Rosig und gräipfrutich

Die hübschen Fläschchen aus Glas standen schon lange im Badezimmer. Einige waren miniklein, manche größer, rund und dick, wieder andere elegant geschliffen. Die Flüssigkeiten darin schimmerten durchsichtig, rosa oder orange, die Verschlüsse glänzten silber- oder goldfarben. Irgendwie sahen sie magisch aus. Noch nie zuvor waren sie dem Dauersauer aufgefallen. Aber aus heiterem Himmel fiel auf einmal sein Blick darauf.

„Was sind denn das eigentlich für Fläschchen, Mami, da vorm Spiegel?", fragte er interessiert. Mami sortierte gerade die Wäsche in den Korb. Ohne aufzusehen, erklärte sie: „Das ist Parfüm. Duftwasser sozusagen. Man gibt ein paar Tropfen davon aufs Handgelenk oder ins Haar oder auf die Ohrläppchen und dann duftet man danach. Also zum Beispiel nach Rosen … oder Maiglöckchen, je nachdem, was drin ist." – „Uiiii, toll!", rief der Dauersauer begeistert, „gibt's das auch mit Schokoladengeruch? Oder Pommes Duft?" Mami lachte: „Nee, wenn du nach Pommes riechen willst, musst du dich in ein Restaurant setzen, dann zieht der Geruch in die Kleidung … Parfüms riechen nach Pflanzen, zum Beispiel nach Jasmin oder Lavendel. Oder nach Gewürzen wie Vanille. Oder nach Obst, etwa Orange. Oder nach Bergamotte." Der Dauersauer riss entsetzt die Augen auf: „Nach Motten? Berg-Motten? Flüssige Berg-Motten? Im Glas? Dann sind die ja tot! Das muss doch stinken! Igitt!", rief der Fünfjährige und starrte angewidert auf die Fläschchen. Mami lachte wieder: „Nein, Schatz, Berga-mot-te. Ist auch 'ne Pflanze. Riecht bisschen zitronig." Sie ließ den Wäschekorb stehen. „Komm, am besten zeig ich dir, was Parfüm ist." Sie griff nach einem bauchigen Fläschchen, öffnete es und gab dem Dauersauer einen Spritzer davon aufs Handgelenk. Er schnupperte: „Mmmmmh, riecht echt gut!" – „Ja, ziemlich fruchtig, das hat auch eine Grapefruit-Note." – „Und das da?" Er zeigte auf ein rosafarbenes, herzförmiges Glas. Mami lächelte und gab ihm ein paar Tropfen davon aufs andere Handgelenk. „Hier ist ein bisschen Rose drin – erkennst du das?" – „Nö", gab der Dauersauer ehrlich zu, „aber das ist trotzdem toll, dass es Wasser mit Geruch gibt, also, außer Pipi …" Er kicherte und schnupperte begeistert mal am einen und mal am anderen Handgelenk. Mami beobachtete ihn und mahnte: „Aber wirklich nur riechen, nicht abschlecken, gell?! Das wäre sonst richtig giftig. Und allein gehst du mir sowieso nicht an die Fläschchen, verstanden?!" Der Dauersauer blickte treuherzig: „Klar. Verstanden. Außerdem dufte ich ja schon ganz rosig und gräipfrutich …"

Schnurstracks marschierte er in Annas Zimmer. Sie saß im Schneidersitz auf dem Boden und las. Der Dauersauer machte ein wichtiges Gesicht und ruderte mit seinen Armen provozierend vor ihr herum: „Mmmmmh, riech mal! Ich hab Parfüm! Riecht toll!" Anna schüttelte den Kopf: „Nee, eklig, total". Sie stand auf, öffnete das Fenster, setzte sich, nahm wieder ihr Buch zur Hand und beachtete ihn nicht weiter. Enttäuscht zog er ab und hielt nach Paulchen Ausschau.

Sein kleiner Bruder spielte mit Bauklötzen im Wohnzimmer. Der Dauersauer baute sich vor ihm auf und sagte langsam und betont: „Paa-uul. Riech mal! Ich hab heute Pafüüüm. Und du nicht!" Absichtlich laut und tief sog der Dauersauer ein paarmal die Luft an seinen Handgelenken ein. „Ahhh, sooo guu-ut!" Aber Paulchen war derart versunken in sein Spiel, dass er den duftenden Bruder gar nicht richtig wahrnahm. „Hmmm", antwortete er nur ohne aufzusehen.

Das verdross den Dauersauer erheblich. Er hatte erwartet, von seinen Geschwistern beneidet und bewundert zu werden. Aber keinen von beiden hatte es auch nur die Bohne interessiert, dass er so gut duftete. „Vielleicht haben die einfach nichts gerochen", überlegte er verstimmt, „ja, so muss es sein. Das war einfach zu wenig Duft. Ein kleiner Spritzer riecht ein bisschen gut, dann riecht mehr Parfüm auch nach mehr, also so richtig viel riecht dann irre gut, auch für die anderen."

Der Dauersauer sah sich um. Mami saß am Computer und arbeitete. Also hatte er freie Bahn. Er flitzte ins Bad, schloss ab, zog den Schemel neben das Waschbecken und nahm sich ein kugelrundes, golden schimmerndes Fläschchen. Ein paar Buchstaben kannte er schon. Da war ein großes D, dann ein i, dann ein o und dann ein r. „Seltsam", überlegte er, „D-i-o-r … was das wohl heißt? Anscheinend irgendwas mit Ohr … vielleicht soll das „Dein Ohr" heißen, weil es fürs Ohrläppchen ist? Ach, egal." Er zog Pullover und Unterhemd aus, drückte kräftig auf den Sprayknopf und – pfffffffft – sprühte eine große Ladung auf seinen Bauch. Ein bisschen was davon stieb bis in sein Gesicht, so dass er husten musste und etwas in den Mund bekam. „Bäääh, ekelhaft, besser aufpassen beim nächsten", murmelte er und angelte sich eine weitere Flasche. Auf dem Etikett war ein Blumenstrauß abgebildet. Er schnupperte. „Hm, riecht gar nicht blumig. Mehr nach Omimi", murmelte er, „aber von ihr hatten die Parfümleute sicher kein Foto." Er verrenkte sich ein bisschen und – pffffft, traf tatsächlich seinen Rücken. „Sehr gut. Hatte Mami nicht gesagt, man kann Parfüm auf die Haare geben?" Die dritte Flasche hatte nichts zum Sprühen, man musste sie ausgießen. Das machte er dann auch. Ohne zu zögern, goss er eine ganze Menge auf seinen Kopf und verrieb sie, bis seine Haare in alle Richtungen standen. „Wunderbar, und jetzt noch was auf die Füße, das kann nie schaden … sooo, hier gibt es keine Käsefüße mehr, hihi." Er kicherte und schüttete ein viertes Parfüm auf seine Socken. Eben wollte er eine weitere Flasche öffnen, als er die Stimme seiner Mutter hörte: „Los, ganz schnell anziehen! Wir müssen

Anna zum Reiten bringen! Oje, das wird knapp!" Der Dauersauer hätte gern noch weitergemacht. Aber seine Mutter klang
gestresst. „Ist besser, jetzt nicht aufzufallen", dachte er sich,
stöpselte deshalb das Gefäß wieder zu, zog sich rasch an und
sauste nach unten. „Ob die anderen wohl was merken?", überlegte er und kicherte vor sich hin. Vergnügt und in gehobener
Stimmung hüpfte er als erster aus dem Haus.

Kaum war Mami losgefahren, als Anna und Paulchen begann-
nen, in alle Richtungen zu schnüffeln. „Was in aller Welt...
stinkt hier so entsetzlich?", wunderte sich Anna, „merkt ihr
das auch?" Mami rümpfte die Nase: „Jaaa, das riecht wie ..."
– „Er!", rief Paulchen und zeigte auf den Dauersauer, „iiii-
ihgittigitt!" Paulchen hielt sich die Nase zu. Der Dauersauer
traute seinen Ohren nicht. „Hä? Spinnst du? Ich stinke nicht,
ich dufte! Ich dufte hervorragend!" – „Ja, wie n' Chemieun-
fall", stellte Mami fest und seufzte tief, „sag bloß, du hast dich
doch nochmal parfümiert! Ich hatte dir doch verboten, allein
an die Fläschchen zu gehen!" Anna schüttelte verständnislos
den Kopf. Paulchen baumelte mit den Füßen und sang vor sich
hin: „Der Gestank macht mis ganz krank, der Gestank macht
mis ganz krank!"

Dauersauers Gesicht verdunkelte sich. Er hatte sich so viel
Mühe gegeben mit dem Parfüm, und nun behaupteten diese
Blöden hier im Auto, er würde stinken! „Ihr seid so doof und

gemein, alle! Wirklich alle!", rief er zutiefst gekränkt, „außer Papi!" Der war ja im Büro. Heute Abend würden er und Papi sich was ausdenken. Vielleicht konnte man die Geschwister wegen Gemeinheit oder falscher Dufteinschätzung verklagen. Wozu war Papi schließlich Rechtsanwalt! Anna drückte unterdessen ihr Gesicht in die Armbeuge und nuschelte: „Mami, bitte, öffne noch ein Fenster, ich halt das nicht aus!" Da verzog sich langsam Dauersauers Gesicht. Tränen sammelten sich in seinen Augen, bis sie in hellen Bächen heraussprangen und er anfing zu heulen: „Wäääähhh, ihr seid so blöd und gemein! Ihr seid nur sauer, weil ihr selbst gern Parfüm hättet! Und jetzt ärgert ihr mich! Wäääähhh! Ihr versteht nichts vom Duften! Ich rieche köstlich!" Mami schüttelte energisch den Kopf: „Irrtum, mein Lieber! Und außerdem hast du dich nicht an die Abmachung gehalten. Ich hatte dir verboten, allein an die Flaschen zu gehen. Wenn ich dich noch einmal erwische, kassiere ich deinen neuen Roller einen Monat lang ein!" Sie hielt auf dem Parkplatz vor der Reithalle. „Und jetzt steigt aus, wir sind da!" Das ließen Anna und Paulchen sich nicht zweimal sagen. Sie sprangen japsend aus dem Wagen und schnappten nach frischer Luft. Der Dauersauer blieb motzig sitzen und verschränkte die Arme: „Ich bleib sitzen." – „Nein, du kommst mit. Ich muss etwas mit Annas Reitlehrerin besprechen, das dauert länger", sagte Mami in einem Tonfall, der keine Widerrede duldete.

Missmutig und miesepetrig stieg der Dauersauer aus und trottete hinter den Geschwistern her. Die anderen Kinder aus Annas Reitgruppe waren schon da. „Hi!" – „Hallo Anna!" – „Hey, hast du heute deine Brüder mitgebracht?", fragte Philippa. Dann hielt sie inne. Schnupperte. Auch die anderen Kinder schnüffelten in alle Richtungen. Auf einmal blickten alle gleichzeitig und erstaunt auf den Dauersauer. Oje. Er ahnte es. Sie rochen das Parfüm! Einen kurzen Augenblick überlegte er, ob er sich in den Pferdemisthaufen werfen sollte. Aber eine wirkliche Verbesserung wäre das wohl kaum. Prompt sagte Charlotte: „Du riechst wie eine Mischung aus Blumensträußen und Kloreiniger! Was ist denn mit dir passiert?!" Alle lachten.

Der Dauersauer erstarrte innerlich. Er begriff in diesem Moment, dass er es wohl wirklich übertrieben hatte. Er schämte sich und kämpfte schon wieder mit den Tränen. Anna sah das und spürte, dass ihr Bruder Hilfe brauchte. Aber wenn sie die Wahrheit sagen würde – nämlich dass ihr Bruder sich selbst flaschenweise mit Parfüm eingesprüht hatte – würden ihn alle auslachen. Ihr musste jetzt schnell etwas einfallen, irgendeine erfundene Erklärung, woher der Geruch kommen könnte, um ihm beizustehen. Und Gott sei Dank kam ihr eine Idee.

Entschlossen und energisch übertönte sie das Gelächter: „Hey, hört auf zu lachen! Das ist nicht lustig! Das, was ihr riecht, ist"

– sie machte eine Pause und die anderen sahen sie gespannt an – „ein Gegengift." Stille. Die Kinder rissen die Augen auf und starrten Anna an. Dann betrachteten sie verwundert den Dauersauer. „Ein Gegengift?", fragte Charlotte. Anna überlegte fieberhaft. Jetzt musste sie rasch noch eine Geschichte dazu erfinden, damit die anderen ihr glaubten. Um Zeit zu gewinnen, holte sie tief Luft: „Aaaalso, es ist soooo: neben unserem Haus ist doch eine Baustelle. Dort wird ein neues Haus gebaut. Und da wurden neulich so seltsame Kanister geliefert. Weil einer davon undicht war, ist eine komische rosa Flüssigkeit von der Baustelle in unseren Garten geflossen. Mein Bruder hat reingefasst. Er wollte wissen, was das ist." Sie hielt inne und erzählte dann mit gesenkter Stimme weiter: „Sofort fing er an zu zittern. Er war nicht mehr in der Lage zu sprechen. Wir mussten sofort ins Krankenhaus. Dort kamen ganz viele Ärzte. Die haben festgestellt, dass er sich vergiftet hat. Mit einem seltenen Gift. Es ist strengstens verboten, das zu benutzen. Die Polizei hat den Typen von der Baustelle, der damit gearbeitet hat, inzwischen verhaftet. Und das Gift sichergestellt. Mein Bruder hat also dazu beigetragen, dass der Fall aufgeklärt werden konnte. Und die Ärzte haben meinem Bruder ein Gegengift gespritzt. Das war ganz wichtig, sonst hätte er vielleicht nicht überlebt. Aber das riecht eben so schlimm. Das sind die Nebenwirkungen. Morgen soll es wieder weg sein. Das ist Wahnsinn, sage ich euch. Absoluter Wahnsinn." Wieder Stille.

Verblüfft und bewundernd betrachteten die Kinder den Dauersauer. Tom fand als erster seine Sprache wieder: „Hey, echt cool! Klar, so ein Gegengift riecht immer stark. Muss wahrscheinlich sogar! Hab ich mir eh schon gedacht, dass es eigentlich sowas ist. Boah, da bist du ja gerade nochmal davongekommen!" Er wandte sich an Anna: „Du bist sicher total stolz auf deinen Bruder ..." Anna lächelte und Paulchen nickte eifrig, auch wenn er ziemlich verwirrt war von Annas fantasievoller Geschichte. Er zupfte sie am Ärmel: „Und was ist mit Mamis Par ..." Bevor er das Wort „Parfüm" aussprechen konnte, trat Anna ihm auf den Fuß und rief: „Ah, schaut mal, Regine gibt das Zeichen, wir können die Ponys holen!" Jedes der Kinder ging zu seinem Tier, nicht ohne dem Dauersauer noch auf die Schulter zu klopfen: „Mach's gut, Alter, bis bald, alles Gute!" – „Ja, gute Besserung!" – „Cool, echt", sagte auch Philippa.

Erleichtert sah der Dauersauer zu, wie die Kinder in der Reithalle verschwanden. Mami, die das Gespräch am Rande verfolgt hatte, blickte ihren Sohn halb belustigt, halb tadelnd an. „Na, da hat Anna sich ja eine verrückte Geschichte ausgedacht. Eigentlich mag ich so etwas nicht, man sollte immer aufrichtig sein. Aber wenigstens hat sie dir damit aus der Patsche geholfen ... aus der Parfüm-Patsche sozusagen. Das war sehr barmherzig. Und es freut mich letzten Endes, dass ihr so zusammenhaltet." – „Und mich erst!", bestätigte der Dauersauer aus vollem Herzen. Dann blinzelte er seine Mutter verschmitzt an: „Du, Mami? Hast du schon mal Parfüm rennen sehen?" – „Nee, aber wenn du damit sagen willst, dass du jetzt schnell zum Auto willst, dann sehe ich wohl gleich Parfüm rennen", erwiderte Mami und lachte. – „Ja, ich will nach Hause. In die Badewanne. Baden und Haare waschen. Ganz gründlich. Und nie mehr heimlich Parfüm benutzen. Wirklich nie mehr!" Erleichtert und schnell wie der Wind sauste er zum Auto, voller fröhlicher und dankbarer „Meine-Geschwister-und-ich-halten-immer-zusammen-Laune". Alles war wieder gut.

Sonntagsfrühstück

Als der Dauersauer aufwachte, kribbelte sofort gute Laune in seinem Bauch. Es war Sonntag, also kein Kindergarten. Er hatte ausgeschlafen und konnte tun, was er wollte. Durch die Vorhänge fielen wie so oft warme, goldene Sonnenstrahlen ins Kinderzimmer. In den Bäumen zwitscherten die Vögel. Lustige weiße Wolken zogen wie eine Herde Tiere über den hellblauen Himmel. Es war Sommer. Alles war schön.

Er stand auf und tapste barfuß die Treppe hinunter. Im Haus herrschte Stille. Nanu? Schliefen alle etwa noch? Die Küche war leer, das Wohnzimmer auch.

Er ging ins Arbeitszimmer. Dort saß Papi vor dicken Büchern und seinem Laptop. „Hey Papi. Ich hab Hunger. Ich will frühstücken!" Papi grunzte irgendetwas, hob nicht einmal den Kopf und las konzentriert weiter. – „Papi?" Keine Antwort. Da zog sich der Dauersauer an der Armlehne des Schreibtischstuhls empor und krähte dem Vater laut ins Ohr: „Papiiiii!!!! HUUUNGER!!!!!" – „Hey! Spinnst du? Musst du mir so ins Ohr brüllen?!", rief Papi empört und steckte sich nachträglich einen Finger ins Ohr. „Du weißt doch, ich kann Lärm nicht ausstehen! Also so gibt's erst mal gar nichts." – Dauersauers Gesicht verdunkelte sich und er betonte jedes Wort:

„ICH. HAB. ABER. HUNGER!" – „Wo ist denn deine Mutter?", fragte Papi und wandte sich schon wieder den Büchern zu. Der Dauersauer seufzte. Ja, wo war Mami eigentlich?

Er stieg die Treppe wieder hoch und warf einen Blick ins Schlafzimmer. Tatsächlich, da lag sie. Und schnarchte. „Schläfst du noch?", fragte er absichtlich laut. Mami wachte auf und seufzte: „Jetzt nicht mehr." Sie blinzelte verschlafen und streckte die Arme nach ihrem Sohn aus: „Guten Morgen, mein Schatz!" Der Dauersauer blieb stehen, wo er war. „Ich will nicht kuscheln, ich will frühstücken." – „Wenn ich ein Guten-Morgen-Küsschen bekomme, könnte es aber sein, dass ich ganz schnell aufstehe und Frühstück mache." – „Nö. Dafür ist jetzt keine Zeit mehr", erklärte der Dauersauer ungerührt, „ich muss was essen. Dringend. Ich warte unten."

Seine Miene hellte sich auf, als Mami kurz darauf in die Küche kam. „Na also, geht doch." Der 5-jährige war zufrieden, setzte sich aufs Sofa, verschränkte die Hände hinter dem Kopf, baumelte mit den Beinen und sah entspannt zu, wie der Tisch gedeckt wurde.

Mami räumte die Blumen im Esszimmer zur Seite, holte erst eine Tischdecke aus dem Schrank und dann das Geschirr aus der Küche, trug das Tablett mit Marmeladen, Honig und Nougat-Creme zum Tisch, einen Wurst- und Käseteller, ein paar Himbeeren und bald duftete es nach Kaffee und frisch aufgebackenen Brötchen. „Wer möchte ein Ei?" – „Ich!", schallte es dreistimmig zurück. Anna und Paulchen hatten sich inzwischen zu ihrem Bruder aufs Sofa gesetzt und zockten eine Kinder-App.

Der Dauersauer sah abwechselnd nach rechts und nach links und verfolgte, wie sie auf ihren Geräten Kuchen erstellten und verzierten. Davon bekam er noch mehr Hunger. Er wurde ungeduldig: „Mami. Das dauert aber lange … wann gibt es endlich Frühstück?" – „Gleich ist alles fertig." – „Gleich! Gleich! Immer heißt es: gleich! Das hast du doch schon vor 20 Minuten gesagt! Mein Magen knurrt, seit ich aufgewacht bin! Seit Stunden!" – „Ach Puffelchen", antwortete Mami gelassen, „wenn du mir geholfen hättest, wär's schneller gegangen. Außerdem weißt du doch, was ich immer sage: Vorfreude ist die schönste Freude." – „Vorfreude ist die blödste Freude!", entgegnete der Dauersauer unfreundlich. Aber Mami überhörte das: „Na komm, jetzt ist sowieso alles fertig." In

diesem Moment betrat Papi wie gerufen das Esszimmer und setzte sich an den Esstisch. Anna und Paulchen erklommen ebenfalls ihre Stühle.

Nicht so der Dauersauer. Er blieb auf dem Sofa. Er horchte in sich hinein. Nein, er war nicht mehr hungrig. Jetzt nicht mehr. Das hatte einfach alles zu lang gedauert. Es war zu spät. Er würde auf dem Sofa bleiben. Mami versuchte, ihn an den Tisch zu locken: „Kommst du bitte, ohne dich schmeckt's mir nicht." – „Mir schon", bemerkte Paulchen und kaute mit vollen Backen. „Mir auch!", ergänzte Anna mampfend. Die Geschwister lachten. „Und so komm ich schon gar nicht!" Der Dauersauer verschränkte die Arme vor der Brust. Ihr seid blöd!" – „Ach Schatz, das haben sie doch nicht so gemeint!", versuchte Mami zu beschwichtigen. „Doooch schon!", erwiderte Paulchen und guckte seinen Bruder herausfordernd an. Mami entgegnete resolut: „Natürlich wollt ihr, dass euer Bruder sich dazu setzt!" Und dann, an den Dauersauer gewandt, säuselte sie: „Na komm Schatz, du hattest doch solchen Hunger …!" – „Aber keiner macht mir ein Schoko-Brot …" – „Doch, doch!", antwortete Papi schnell und bestrich sofort ein Vollkornbrötchen großzügig mit Nuss-Nougat-Creme. „Hier ist es!"

Zögernd stand der Dauersauer auf und schlurfte zu seinem Platz. Aber seine gute Laune, die war weg. Stattdessen bekam er Lust, ein bisschen Stunk zu machen. Deshalb sagte er provozierend: „Aber das Ei, das ess ich nicht!" Mami zuckte daraufhin jedoch nur gleichgültig die Schultern: „Dann lässt du's eben." Das ärgerte den Fünfjährigen. „Ich ess das Ei wirklich nicht!", wiederholte er drohend. – „In Ordnung. Kein Problem." Offensichtlich war es Mami tatsächlich egal. Da legte er nach: „Und das Brötchen dann auch nicht." Wenigstens das hatte eine Wirkung. Mami seufzte: „Ach Schatz, doch, das solltest du schon essen. Wenigstens das. Dann sieht die Welt gleich wieder anders aus, du wirst sehen. Du bist nur grätig, weil du zu lange nichts gegessen hast." – „Gar nichts mach ich." – Da mischte Anna sich ein: „Wisst Ihr was? Ich nehm' dein Ei zusätzlich und du isst das Brötchen." Der Dauersauer zögerte. Das Brötchen sah wirklich verlockend aus. „Na gut, okay", lenkte er zur Überraschung seiner Familie ein. Mami und Papi atmeten auf und warfen sich einen erleichterten Blick zu.

Endlich saßen sie alle am Tisch und frühstückten ein friedliches und gemütliches Sonntagsfrühstück.

Etwa vier Minuten lang. Während dieser ganzen Zeit hatte der Dauersauer seine Schwester nicht aus den Augen gelassen. Er hatte genau beobachtet, wie sie genüsslich das flüssige Ei gelöffelt hatte. Kaum hatte sie es aufgegessen, sagte der Dauersauer laut und deutlich: „ICH WILL DAS EI *DOCH*."

„Häää? Wie, du willst das Ei? Du hast doch gesehen, dass ich's gegessen hab?", fragte Anna verblüfft. „Du wolltest es doch gar nicht!", warf Mami ein. „Du hast es doch Anna überlassen", erinnerte ihn Papi. „Nein. Ich wollte das Ei eigentlich schon. Dann will ich eben sofort ein neues!" – „Vergiss es", antworteten Mami und Papi wie aus einem Mund. „Wir lassen uns nicht von dir schikanieren. Wir wollen einfach frühstücken," sagte Papi entschieden. „Ich stell mich jetzt nicht wieder in die Küche", fügte Mami hinzu. Da fing der Dauersauer an zu schimpfen: „Ihr seid so ge-he-mein! Ihr lasst mich verhungern! Nix krieg ich! Ich bin so sauer auf euch! Totaaal sauer!" Empört und vorwurfsvoll starrte er von einem zum anderen und wartete auf eine Reaktion. Aber Mami schüttelte nur den Kopf und Papi zuckte mit den Schultern. Dann aßen beide weiter. Da verzog sich langsam Dauersauers Gesicht. Tränen sammelten sich in seinen Augen, bis sie in hellen Bächen heraussprangen und er anfing zu heulen. „Wääähhh! Blödes Frühstück, scheiß-blöder Morgen! Nix kriegt ihr hin, nicht mal ein Ei für mich! Wääähhh, nie bekomme ich ein Ei, nie … immer muss ich verhungern", jammerte er laut und weinte dann leise vor sich hin. Er fühlte sich einsam, allein und unverstanden. Er war unglücklich. Kreuzunglücklich. Aber tief in seinem Inneren war er klug genug, um zu wissen, dass sein Verhalten eigentlich nicht richtig war. Nach ein paar Augenblicken verstummte er. Auch Mami, Papi, Paulchen, alle schwiegen. Das Schweigen lastete auf ihm. Und wo war eigentlich Anna?

Anna hatte Mitleid bekommen mit dem Dauersauer. Und wie so oft hatte sie auch diesmal eine Idee. Sie war in ihr Zimmer gelaufen und hatte die Schubladen ihrer Kommode aufgerissen. „Wo war es nur? Ach ja, da!" Leichtfüßig hopste sie wieder nach unten. „Schau mal, du hast Glück! Du bekommst doch noch ein Ei! Eines, das dir schmecken wird! Und Mami muss es nicht mal extra kochen." Sie holte die Hand hinter ihrem Rücken hervor und hielt sie ihm hin. Der Dauersauer fing an zu strahlen. „Ein Überraschungsei!?" – „Ja, jetzt hast du keinen Grund mehr, sauer zu sein." Der Fünfjährige sah seine Schwester mit leuchtenden Augen an: „Daaaanke! Das ist ja sowieso viel leckerer!", sagte er glücklich. Anna freute sich. Auch Mami und Papi waren erleichtert.

Nur Paulchen nicht. Jetzt war *er* derjenige, der tief Luft holte und losquängelte: „Ich will auch ein neues Ei, so eins aus Schokegadeeee!!!" – „Oh, nein!", riefen Mami, Papi und Anna wie aus einem Mund. Der Dauersauer aber, der kein bisschen mehr sauer war, sah die Chance, sein Verhalten wieder gut zu machen: „Okay, Paulchen, ich teil mit dir, du kriegst eine Hälfte von der Schokolade und das Spielzeug, wenn es doof ist!" Nun strahlte auch Paulchen wieder und sie konnten endlich alle ihr Frühstück genießen, erleichtert und friedlich – vor allem der Dauersauer. Er war in allerbester, sonniger „Familien-Sonntagsfrühstück-Überraschungsei-Laune".

Kastanien sammeln

Es war ein Herbsttag wie im Bilderbuch. Die Sonne schien mild und golden. Hier und da bauschten sich weiße Wattewölkchen und ließen das Blau des Himmels noch blauer strahlen. Das noch volle Laub auf den Bäumen glänzte und leuchtete gelb-grün-rot-braun. Die dunklen Nadelbäume aber, die dazwischen gestreut standen, schienen sich beleidigt zurückzuziehen bei so viel Leuchtkraft und Farbe um sie herum. Es war noch nicht ihre Zeit: Der Winter war weit weg, der vergangene Sommer dagegen nah und spürbar in der Wärme und Herrlichkeit dieses Tages.

Anna war an diesem Nachmittag allerdings blind für die Pracht vor ihrem Fenster. Sie saß am Küchentisch und begann, Hausaufgaben zu machen. Frau Wagner, die Klassenlehrerin der 2b, hatte viel aufgegeben. Lustlos blätterte Anna das Mathebuch auf. Sie überflog die Aufgabe, verstand sie nicht und schob alles wieder beiseite: „Kapier ich nicht. Besser, ich fang mit Sachkunde an." Sie holte ein Blatt Papier und Buntstifte. Doch obwohl sie sich große Mühe gab, wollte das Bild, das sie malen sollte, einfach nicht gelingen. Verdrossen kritzelte sie herum. Von seinem Hochstuhl aus versuchte der Dauersauer einen Blick zu erhaschen. „Was soll das denn Komisches werden?", fragte er

neugierig. „Geht dich nichts an!" – „Aber deine Lehrerin
geht es was an und niemand erkennt, was das sein soll." Da
wurde Anna, die ja selbst mit ihrer Zeichnung unzufrieden
war, zornig. Sie nahm das Blatt, zerknüllte es und schleuderte es mit Wucht auf den Dauersauer: „Hier du Blödmann,
mach's doch besser!" – „Aua! Maaaamiii, die Anna schießt
mich ab!" Mami kam aus dem Arbeitszimmer: „Sie schießt
dich ab? Ojemine, mit was denn?!" – „Mit Hausaufgaben!"
Nun schleuderte Anna noch ihren Stift hinterher. „Ach halt
die Klappe!". An ihre Mutter gewandt fuhr sie fort: „So ein
Mist!! Ich muss in Sachkunde eine oberdoofe Wetterkarte
malen und ich kann's einfach nicht …" – „Doch, bestimmt

kannst du das. Du musst es dir einfach zutrauen. Aber beherrsch dich bitte und wirf nicht mit Sachen um dich", antwortete Mami ruhig.

Ihr Blick fiel durchs Fenster und blieb dort hängen. „Ist das herrlich da draußen!" Sie sah auf die Uhr. „Also ich finde, für Hausaufgaben ist auch nachher noch Zeit. Wisst ihr, was man bei solch einem Wetter un-be-dingt machen muss?", fragte sie und gab gleich selbst die Antwort, „man muss nach draußen gehen. Herbstluft schnuppern. Mit den Füßen durchs Laub rascheln. Das Gesicht in die Sonne halten. Kastanien sammeln." – „Jaaa, hurraaa! Kastanien sammeln!", riefen die Kinder begeistert. So schnell hatten sie lange nicht mehr selbst Schuhe und Jacken angezogen. Mami suchte noch schnell nach drei Stoffbeuteln, fand aber nur zwei und holte deshalb noch eine Plastiktüte. Dann hüpften sie zur Kastanienallee, das heißt: Mami hüpfte natürlich nicht, sie ging, Paulchen wurde getragen und die beiden Großen hüpften.

Nach 15 Minuten Fußmarsch kamen sie an und sahen zu den großen, alten, knorrigen und ausladenden Bäumen auf. In diesem Moment hörten sie ein Geräusch: Plopp. Und wieder: Plopp. Plopp … Plopp. Anna hielt inne: „Psst! Hört ihr das? Klingt wie sehr dicke Regentropfen … aber der Himmel ist blau! Komisch …" Es machte wieder Plopp.

Und abermals: Plopp. „Was ist das denn?" fragte auch der Dauersauer verwundert. Mami lächelte: „Das sind die Kastanien, die von den Bäumen auf den Waldboden fallen und aus der Schale platzen." Plopp. „Da! Wieder!" Die Kinder hörten es und jetzt sahen sie es auch. Kein Wunder, dass das Gras bereits übersät war mit rot-braun glänzenden, glatten, großen und kleinen Kastanien. „Das fühlt sich so gut an", stellte Anna fest und strich mit dem Daumen über eine besonders Dicke. „Ja, und guck mal hier, die hat ein Muster wie Marmorkuchen!", rief der Dauersauer. Mami warf einen Blick auf seine Hand: „Ja, stimmt, die ist noch nicht ganz reif." Paulchen streckte stolz die flache Hand aus. Darauf lagen zwei Stück, eine große und eine kleine. „Das sind Mami- und Paule-Kastanie!" – „Und hier, eine mit Verpackung!", jubelte der Dauersauer und pulte die Schalen auseinander: „Wo soll ich alles hintun, meine Hände sind voll?" Mami hielt ihm die Taschen unter die Nase. „Hier, dafür hab ich die ja mitgenommen. Was ihr nicht zum Basteln braucht, verfüttern wir Sonntag an die Tiere im Wildpark." Begeistert griff der Dauersauer nach der Tüte. Mami gab die übrigen Beutel den beiden anderen und die Kinder fingen mit Feuereifer an, zu sammeln. Plopp, Plopp, Plopp, immer neue Kastanien fielen von den Bäumen.

Nach einer Weile meinte Mami: „Ich glaube, ihr solltet aufhören. Diese Mengen können wir sonst nicht mehr nach Hause tragen." – „Och nee, noch bisschen, nur noch bisschen weitersammeln", bettelte der Dauersauer. „Also gut", entgegnete Mami, die jeden Moment in der Natur genoss. Sie schloss die Augen und hielt ihr Gesicht in die Sonne. Die Kinder machten weiter. Bis der Dauersauer seine Tüte an eine andere Stelle bringen wollte. Aber er konnte sie nicht anheben. Kein bisschen. Er zog an ihr. Aber sie bewegte sich nicht. Er zerrte energischer. „Maaaami! Die Tüte geht nicht hoch! Maaaami! Du musst sie tragen!" Und dann: „Ich will jetzt doch nach Hause!" Und, als Mami nicht gleich reagierte, rief er nochmal durchdringend: „Maaaaaamiiiiii!"

Mami öffnete wieder die Augen: „Hm, das war klar, dass alles irgendwann zu schwer wird. Dann lasst uns jetzt nach Hause gehen. Aber deine Tüte musst du schon selbst tragen. Ich nehme Paulchens Tasche. Und ihn selbst nehme ich an die Hand – oder möchtest du das für mich übernehmen?" Der Dauersauer verzog angewidert das Gesicht: „Ich lauf doch nicht Hand in Hand mit einem Baby!" – „Dachte ich mir. Das bedeutet aber, dass du entweder so viele Kastanien ausschüttest, bis du die Tüte tragen kannst, oder wir lassen alles hier stehen und fahren mit dem Auto nochmal her", schlug Mami vor. „Neeiiin! Nichts davon!", zeterte der Dauersauer, „DU trägst meine Tüte! So wie sie ist! Jetzt!" Mami betrachtete ihren Sohn, der krawallbereit die Hände in die Hüften gestemmt hatte und gab seufzend nach: „Also, gut, ich versuche es." Sie nahm Dauersauers pralle Tüte und Paulchens immerhin nur halbvollen Beutel in die eine und ihn selbst an die andere Hand. Anna umfasste die Henkel ihrer Tasche mit beiden Händen und schleifte sie mehr, als dass sie sie trug. Sie kamen nur langsam voran. Allein der Dauersauer schlenderte, die Hände in den Hosentaschen, entspannt neben ihnen her und pfiff fröhlich vor sich hin.

Anna runzelte die Stirn. „Das geht so nicht. Du trägst ja jetzt gar nichts. Hilf mir!" Der Dauersauer schüttelte energisch den Kopf: „Nee, geht nicht, ich trage zwar nichts, bin aber beschäftigt. Ich passe auf Mami auf. Dass sie alles richtig macht." Mami wollte gerade etwas erwidern, als – ja, als die Henkel der Plastiktüte, in der Dauersauers Kastanien waren, mit einem deutlich vernehmbaren „ratsch" abrissen. Die Tüte plumpste auf den Boden, kippte um und die Kastanien rollten über den Kiesweg. Der Dauersauer erstarrte. Einen kurzen Moment war es mucksmäuschenstill. Einzig das Tackern eines Spechts in der Nähe durchdrang die Stille. Nach der Schrecksekunde kam, was kommen musste: Langsam verzog sich Dauersauers Gesicht. Tränen sammelten sich in seinen Augen, bis sie in hellen Bächen heraussprangen und er anfing zu heulen: „Wäääääh! Meine Kastanien! Alles kullert rum! Alles futsch! Wääääh! Du hast nicht aufgepasst! Wäääääh! Das ist so gemein! Ich hab umsonst gesammelt! Kastanien sind sowas Dooooohohofes … und ihr auch! Wääääähääää …"

Mami ließ alles stehen und liegen und nahm den Dauersauer in den Arm: „Ach Schatz! Das ist doch kein Weltuntergang. Wir holen eine neue Tüte und fahren mit dem Auto nochmal her ..." Weiter kam sie nicht. Der Dauersauer heulte noch lauter: „Wäääääh ... bis dahin nimmt bestimmt jemand anders meine Kastanien mit ... die werden geklaut ... und ich will nicht nochmal los ... ich will jetzt gleich zuhause basteln ... so nen Kastanienroboter ... scheißblöde Kastanien, wääääh!" Er war untröstlich. „Ach Schatz", sagte Mami, „ich fürchte, es geht nicht anders ..."

Da tippte Anna ihrer Mutter vorsichtig auf die Schulter: „Du Mami, was meinst du – ich kann von meinen Kastanien ja ein paar hier lassen, das macht mir nichs aus. Wenn wir dann so viele wie möglich auf meinen und Paulchens Beutel verteilen, und sich jeder noch welche in die Taschen steckt, dann kann ich vielleicht den Rest mit meinem Kleid tragen. Weißt du, so wie Sterntaler ..." Sie hatte noch nicht zu Ende gesprochen, da hörte der Dauersauer auf zu weinen, als hätte man auf die Stopptaste gedrückt und flehte: „Oh ja, bitte, lass es uns so versuchen!"

Gesagt, getan. Zuerst füllten sie die Stoffbeutel bis zum Rand, dann stopften sie sich die Hosen- und Jackentaschen voll, bis sie ganz ausgebeult waren. Schließlich packte Anna den Saum ihres Kleides und ihre Brüder füllten es

mit Kastanien. Obwohl nicht alles hineinpasste, strahlte
der Dauersauer wieder: „Ich bin soooo froh, dass wir von
meiner Portion Kastanien jetzt doch das meiste mitneh-
men können!" Und weil er so froh war und erleichtert, ging
er von selbst auf Paulchen zu und ergriff dessen Hand.
Mami musste nun nur die Taschen nehmen. Und Anna
trug eine ganze Menge Kastanien nach Hause wie Sterntaler die Sterne.

Endlich angekommen, ließ Mami sich auf einen Küchenstuhl fallen: „Puh, war das anstrengend. Nächstes Mal be-
schränken wir uns besser darauf, mit den Füßen durchs

Laub zu rascheln." – „Ich weiß nicht, was du hast, ich fand's toll", erwiderte der Dauersauer und kramte wild in der Schublande nach Zahnstochern. Anna kam mit einem Schuhkarton voller Bastel-Sachen: „Aufi geht's!", rief sie, was so viel heißt wie „auf geht's, lasst uns anfangen." Den Spruch hatte sie von ihrer Freundin aus Bayern. An den Dauersauer gewandt fügte sie hinzu: „Jetzt kannst du endlich deinen Roboter bauen!" – „Nö, erst mal nicht." Der Dauersauer lächelte verschmitzt. In der Hand hielt er eine Schachtel mit Holzperlen. Dann setzte er sich und suchte lauter ebenmäßige, fast gleich große, runde Kastanien zusammen. Nahm einen roten Wollfaden. Und fädelte nach jeder Kastanie eine bunte Holzperle auf die Schnur, bis er eine wunderschöne Holzperlen-Kastanienkette gebastelt hatte. „Hier, Anna, die ist für dich!" – „Oh, Danke!", sagte Anna überrascht. Sie freute sich. Danach baute der Fünfjährige seinem kleinen Bruder aus einer Streichholzschachtel und Kastanien einen Rennwagen, der zwar holperte, aber sich tatsächlich rollen ließ. Mami stellte Apfelschnitze mit Zitrone auf den Tisch, ließ sich auf den Küchenstuhl plumpsen und pustete sich eine Haarsträhne aus dem Gesicht: „Anna, sag mal, was ist mit deinen Hausaufgaben und dem Wetterkarten-Bild?" – „Ach so ein Mäusemistendreck, das habe ich ganz vergessen! Kannst nicht vielleicht du das machen, Mami?" Der Dauersauer sprang seiner Schwester bei: „Komm, Mami, mal du doch das Bild. Du kannst das bestimmt – du musst es dir einfach zutrauen, sagst du doch selbst immer!" Mami lachte: „Das könnte euch so passen. Nee, nee! Ich mache nicht die Hausaufgaben meiner Kinder. Aber ein bisschen helfen kann ich natürlich ... wir machen es wie vorhin: zusammen werden wir es irgendwie schaffen. Aber jetzt bastelt erst mal, und ich genieße meinen Kaffee." Die Kinder nickten. Und nun endlich fing der Dauersauer vergnügt an, seinen Kastanienroboter zu bauen. Er war kein bisschen mehr sauer, sondern in gehobener und glänzender „Kastanien-Sammel-Bastel-Herbstglückslaune".

Der Weihnachtsstern

Der erste Schnee fiel bereits Ende November. Vom frühen Morgen an segelten dicke Flocken sachte durch die Luft. Und weil Schnee in Düsseldorf eine seltene Angelegenheit ist, machte die Grundschule eine Ausnahme und den Kindern eine Freude: Nach der großen Pause fiel der Unterricht aus. Stattdessen durften die Kinder durch den Schnee springen, rennen, toben und tanzen. Sie versuchten, die Kristalle mit der Zunge aufzufangen. Und sie bauten Schneemänner, große und kleine und dicke und schiefe. Was für ein wunderbarer Schultag! Anna kam mit eiskalten Fingern und roten Wangen freudestrahlend nach Hause. „Das war suuuuper", rief sie vergnügt und hauchte immer wieder in ihre Hände, um sie mit ihrem Atem wieder aufzuwärmen, „und bestimmt ist bald Weihnachten, das hat man heute wirklich gespürt!"

„Hm,", sagte Mami. Sie warf rasch einen Blick auf den Kalender: „Ach du Schreck! Das stimmt! Am Sonntag ist ja schon der erste Advent! Wir haben nur noch drei Tage Zeit, um das Haus zu schmücken! Und Plätzchen wollen wir auch backen … da müssen wir uns ja richtig beeilen!" Die Augen der Kinder fingen an zu leuchten: „Das Haus schmücken? Plätzchen backen? Suuuper! Wie schöööön!" –

„Ich helfe mit!", rief Anna. „Ich auch! Ich auch!", bekräftigten der Dauersauer und Paulchen begeistert und alle drei Kinder hüpften vergnügt auf und ab wie Gummibälle. Mami lächelte: „Gut, das freut mich! Morgen fangen wir an." Sofort blieb der Dauersauer wie angewurzelt stehen: „Mooo-ment. Wieso morgen erst?" Mami antwortete: „Na, weil ich heute keine Zeit mehr habe. Ich muss noch ins Büro und in der Stadt Verschiedenes erledigen. Euer Lieblingsbabysitter Lotti kommt gleich und passt auf euch auf, während ich weg bin." – „Och nööö, wir wollen aber GLEICH schmücken!" Die Kinder machten lange Gesichter. Mami dachte kurz nach: „Also, wenn ich es mir recht überlege: eine Sache könnten wir tatsächlich schon heute machen. Im Baumarkt sind Weihnachtssterne im Angebot. Da fahr ich nachher ohnehin vorbei. Dann kauf ich wenigstens schon mal einen großen roten Weihnachtsstern."

Das Glück kehrte in Dauersauers Augen zurück: „Einen Weihnachtsstern? Einen großen, roten, richtig weihnachtlichen? Oooohhh! Kann ich auch einen bekommen? Einen eigenen für mein Fenster?" Mami streichelte ihm liebevoll über den Kopf: „Ja, Schatz, wenn du willst, kauf ich auch für jeden von euch einen kleinen Weihnachtsstern. Damit könnt ihr schon mal anfangen, eure Zimmer zu dekorieren." In diesem Augenblick klingelte Lotti an der Haustür und Mami machte sich auf den Weg.

Der Dauersauer jubelte innerlich: Ein roter Weihnachtsstern. Vielleicht mit Lochmuster, durch das tagsüber die
Sonne schien. Oder, noch besser, mit einer kleinen Lampe
innendrin, so dass er auch nachts leuchtete. Auf jeden Fall
würde sein blau-weißes Kinderzimmer schon heute Abend
rot-weihnachtlich werden. Ihm wurde ganz warm ums Herz.
Vergnügt folgte er Lotti und seinen Geschwistern ins Wohnzimmer und spielte anstandslos mit ihnen 10-Mal „Tempo,
kleine Schnecke" und 12-mal „Affenalarm". Ausnahmsweise
war es ihm egal, wenn er verlor – dabei verlor er ständig. Er
verzichtete sogar darauf, seinem kleinen Bruder eine runter-
zuhauen, wenn der ein Spiel gewann. Keine Frage, der Dauersauer war voller erwartungsfroher Weihnachtsleuchtstern-
vorfreude.

Gerade als sie dabei waren, Memory-Karten auszulegen,
drehte sich der Schlüssel im Schloss. Sofort stürzte der Dauersauer zur Haustür. War das wirklich Mami, die den Flur
betrat? Richtig erkennen konnte man sie nicht, nur ihre Ho-
senbeine in den Winterstiefeln. Über der Hose sah er Hände,
die einen Karton mit einer riesigen Topfpflanze trugen. Die
Pflanze war so groß, dass sie Mamis Oberkörper und Gesicht
völlig verdeckte. „Puh", stöhnte sie, und stellte den Karton
vorsichtig auf der Kommode ab. Dann ging sie nochmal hin-
aus, um einen weiteren Pappkarton zu holen. Darin steckten
drei kleine Pflanzen, die genauso aussahen wie die große, die

bereits im Flur stand: Alle vier hatten dunkelgrüne Blätter und ab und zu ein paar rote Blätter, die fast wie Blüten aussahen. Dem Dauersauer gefielen sie überhaupt nicht. „Wieso kauft Mami neuerdings so hässliche Pflanzen?" wunderte er sich und sah seine Mutter erwartungsvoll an. Er rechnete damit, dass sie gleich nochmal rausgehen und die Weihnachtssterne holen würde. Da nahm Mami lächelnd eine der kleinen Blumen und hielt sie ihm hin: „Da, Schatz, wie versprochen: dein Weihnachtsstern."

„Häääää?!" Der Dauersauer dachte, er hätte sich verhört. „Waaaas? Weihnachtsstern? Das da?! Etwa diese blöde Pflanze?! Die kannst du behalten! Das ist doch kein Weihnachtsstern!", rief er entrüstet. Er verschränkte die Arme vor der Brust und starrte düster auf das Grünzeug. Mami blickte ihn verwundert an: „Doch, das ist deiner, diesen Weihnachtsstern habe ich extra für dich gekauft!" – „Diese blöde, hässliche, scheiß-blöde Pflanze ist doch kein Weihnachtsstern!" Mami wurde ärgerlich. „So sollst du nicht reden! Und natürlich ist das ein Weihnachtsstern!!" Da verzog sich langsam Dauersauers Gesicht. Tränen sammelten sich in seinen Augen, bis sie in hellen Bächen heraussprangen und er anfing zu heulen: „Neiiiin ... ist es nicht! Ich hatte mich sooooo gefreut! Das ist kein Stern, das ist wahrscheinlich Gemüse oder eine Blume oder sowas! Und jetzt ist alles so doohoohoof! Ich hab keinen Weihnachtsstern und überhaupt gar keine Weihnachtsfreude! Du hast mich verschaukelt! Ich krieg gar keine Weihnachtsschmückung! Wäääähhh ..."

Das Geschrei war im Wohnzimmer zu hören. Schnell lief Anna in den Flur. „Was ist los?" – „Wäääähhhh! Mami hat uns doch Weihnachtssterne versprochen, aber wir kriegen nur so'n Mist hier, wäääähhh ...", jammerte er und zeigte unglücklich auf das Grünzeug. Mami stöhnte genervt und hielt Anna wortlos eine weitere Pflanze hin. Die Siebenjährige machte große Augen: „Das da soll ein Weihnachtsstern sein? Das Ding heißt Weihnachtsstern? Echt?" – „Ja allerdings", entgegnete Mami ungehalten. – „Mensch Mami!", rief Anna, „wir dachten, wir kriegen einen richtigen Stern, mit Zacken, einen, der ins Fenster gehängt wird. Aus Papier oder Holz. Wir wussten doch nicht, dass es eine Blume gibt, die Weihnachtsstern heißt!" Der Dauersauer heulte immer noch, nur leiser, schließlich wollte er mitbekommen, was Mami und Anna besprachen. Mami schnaubte durch die Nase und schüttelte den Kopf: „Ach so. Na, das war dann wirklich ein Missverständnis. Ihr dachtet an einen Stern mit Zacken und ich an die Pflanze, die so heißt … Aber deswegen muss man doch nicht gleich so ein Theater machen. Und schaut doch mal, wie toll der große Weihnachtsstern hier im Flur aussieht!" Schwungvoll griff Mami nach dem rot-grünen Gewächs, das bestimmt einen ganzen Meter Durchmesser hatte, und stellte es auf die Biedermeier-Kommode. Dann trat sie einen Schritt zurück: „Super sieht das aus!", sagte sie zufrieden, „aber ist ja kein Problem, dann bekommt ihr halt in den nächsten Tagen einen Papierstern oder sowas."

Kaum hatte sie das Wort „Papierstern" ausgesprochen, heulte der Dauersauer wieder los wie eine Sirene: „Wäääähhhh … in den nächsten Tagen erst …da isses zu spät … mir wurde h-e-u-t-e versprochen … ich bin so traauuuurig … so sauer … totaaal sauer … wääääähhhh …" Mami wurde ärgerlich. „Tut mir leid, aber im Moment kann ich das nicht ändern. Und jetzt muss ich ohnehin Abendessen machen. Ihr seid ja offenbar völlig unterzuckert!" Sie ging in die Küche.

Der Dauersauer ließ sich enttäuscht auf den Teppich plotzen. Und Anna? Anna düste davon, erst runter in den Keller und dann nach einiger Zeit wieder die Treppen hoch in ihr Zimmer. Dort werkelte sie mit Feuereifer – und Ihr könnt Euch sicher denken, an was: An einem richtigen Weihnachtsstern für den Dauersauer. Sie hatte sich erinnert, dass sie gemeinsam mit Opa Theodor im vergangenen Jahr einen Holzstern gebastelt hatte, sogar mit Beleuchtung. Der musste nur noch rot angemalt werden. Zu diesem Zweck hatte sie sich Mamis Acrylfarben geholt und pinselte nun drauflos. Fertig. Voller Erwartung steckte sie den Stern ein. Aber sobald das Lämpchen eingeschaltet wurde, leuchtete es innen so hell, dass die rote Farbe außen kaum noch zu sehen war. Mist. Sie sauste nochmal in den Keller. Wo war doch das Transparentpapier? Am Dauersauer vorbei, der immer noch wie ein Häufchen Elend auf dem Teppich saß, flitzte sie wieder nach oben und beklebte den Stern außen an den Ritzen mit Streifen von rotem Transparentpapier. Als sie ihn nun einschaltete, strahlte er rot und weihnachtlich. Anna war zufrieden.

Feierlich schritt sie mit dem Stern in der einen und dem Kabel in der anderen Hand die Treppe hinunter. Auf der drittletzten Stufe blieb sie stehen. „Ta ta ta taaa! Schaut mal, was ich hier habe!" Mami streckte den Kopf aus der Küche. Paulchen tapste in den Flur. Der Dauersauer hob langsam den Kopf und blickte durch seinen Tränenschleier trübe zu Anna. „Hier, Bruderherz! Ein richtiger Weihnachtsstern! Für dich von mir, der weltbesten Schwester überhaupt!" Jetzt rieb sich der Dauersauer erstaunt die Augen und starrte überrascht auf den roten Holzstern, der vor seiner Nase baumelte. Sofort hellte sich sein Gesicht auf. Er grinste von einem Ohr zum anderen: „Toll! Daaaaaanke!" Überglücklich nahm er ihn aus Annas Händen, betrachtete ihn von allen Seiten und machte sich schnurstracks auf den Weg in sein Zimmer. Anna und Paulchen hüpften hinterher. Mami kam auch mit, sie musste den Stern ja aufhängen.

Ein paar Handgriffe und er war befestigt. Er tauchte Dauersauers Zimmer in ein rotes, warmes, weihnachtlich leuchtendes Licht. Genauso wie er es sich vorgestellt hatte. Draußen sah man im Schein der Straßenlaternen inzwischen wieder Schneeflocken tanzen. „Schöööön!", flüsterte er andächtig und wurde ganz still. Dann sagte er friedlich: „Wenn ich den jetzt hab, können wir auch die Pflanze dazustellen. Anna, Paulchen, sagt, wollt ihr heute

bei mir schlafen, dann seht ihr den Stern auch die ganze Nacht?" – „Au ja, bitte, bitte!", bettelten die Kinder und sahen ihre Mutter fragend an. „Ja, ist für mich ok, wenn ihr nicht nur guckt, sondern auch schlaft", antwortete

Mami und lächelte, „aber daran habe ich nach der ganzen
Aufregung keinen Zweifel." Der Dauersauer leuchtete nun
mit dem Stern um die Wette: „Jetzt merk ich's auch, bald
ist Weihnachten. Mein Herz hat schon eine Weihnachts-

mütze auf", sagte er glücklich und war kein bisschen mehr sauer, sondern kaum wiederzuerkennen vor lauter froher friedlicher "Weihnachtsleuchtsternfreude-Laune".

Der Weihnachtsbaum

In diesem Jahr bekamen Anna, Paulchen und der Dauersauer einen ganz besonderen Weihnachtsbaum. Wollt Ihr wissen, wie das kam?

Es war so: Mamis und Papis Haus liegt auf einer Anhöhe. In Düsseldorf gibt es nicht viele solcher Wohngebiete. Berge wie im Süden Deutschlands schon gar nicht. Die Stadt liegt am Rhein und da ist die Umgebung nun mal weitgehend flach. Aber am Rand von Düsseldorf gibt es einen Stadtteil, der heißt Grafenberg. Und in Grafenberg, da gibt es ein paar Hügel. Und an einem davon steht Mamis und Papis Haus.

Auf der Südseite, von der Terrasse, führen eine Treppe und ein geschlängelter Kiesweg hinunter in den Garten. Auf der Nordseite aber, hinter der Garage, gibt es keinen Weg und keine Stufen, nur einen kleinen grasbewachsenen Abhang. Im Winter, wenn es geschneit hat, kann man dort wunderbar rodeln. Jedes der drei Kinder ist auf dieser Minipiste das erste Mal Schlitten gefahren. Warm eingepackt und sicher gehalten von Mami oder Papi. Als Anna und der Dauersauer älter wurden, stapften sie allein hinters Haus, holten die Schlitten aus der Garage und sausten den kleinen

Hang hinunter – meistens nur an zwei, drei Tagen im Winter. Denn in Düsseldorf gibt es nur selten Schnee und wenn doch, bleibt er nie lange liegen.

Doch in diesem Jahr war alles anders. Seit zwei Wochen herrschte wunderbares, märchenhaftes, klirrend kaltes Winterwetter. Noch nie hatten der Dauersauer und seine Geschwister im Rheinland so viel Schnee erlebt. Es war eine Pracht! Jeder Baum und jeder Strauch trug eine weiße Haube. Am Boden konnte man Fußabdrücke von Katzen, Vögeln und Eichhörnchen finden. An der Regenrinne und den Fensterbrettern hingen Eiszapfen. Alle Geräusche waren gedämpft und leiser als sonst. Alles sah verzaubert aus. Die Kinder verbrachten die Nachmittage im Freien, machten Schneeballschlachten, bauten Schneemänner und rutschten mit Schlitten, Bob oder nur mit einer Plastiktüte unter dem Popo über den Schnee.

Und so war es auch an jenem Nachmittag. Anna und der Dauersauer waren begeistert: Mit jedem Tag und jeder Rodelfahrt war der Hang rutschiger geworden. „Yippie! Das ist so klasse!", jubelte Anna. „Es geht schneller, immer schneller!" Die Strecke war inzwischen vereist und so glatt, dass sie auf dem bloßen Hosenboden hinuntersausen konnten. Mit dem Bob waren sie schneller als je zuvor.

„Puh, ich brauch 'ne Verschnaufpause!", meinte Anna nach einiger Zeit. Sie blieb oben an der Garage stehen und brach Eiszapfen vom Fensterbrett ab, für sich und den Dauersauer. „Guten Appetit!", sagte sie. „Dir auch!", antwortete der Dauersauer. Schweigend und genüsslich schleckten sie an den Eiszapfen. Dann sagte Anna auf einmal: „Hm, die Eiszapfen machen nicht satt. Ich hab aber Hunger." Sie überlegte kurz, dann funkelte sie ihren Bruder herausfordernd an: „Weißt du was?" Sie reckte ihr Näschen hochnäsig in die Luft: „Gestatten, ich bin eine Eisprinzessin. Und weißt du auch, wer du bist? Ich sag's dir: Du bist mein Diener. Ab jetzt. Wenn ich gleich wieder runterrutsche, musst du mich den Berg wieder hochziehen. Aber vorher bringst du mir Plätzchen aus der Küche, verstanden?!" – „Hä?! Spinnst du? Mach ich nicht." Dauersauers Gesicht verdunkelte sich. – „Doch, machst du schon!" – „Quatsch mit Soße." – „Doch, du bist mein Diener! Ich will Kekse!", wiederholte sie. „Bin ich nicht!" – „Bist du doch!" – „Neeeiiin!" – „Doch. Es ist jetzt Zeit für die Plätzchen. Bewege er seinen Hintern in die Küche, sofort! Hihihi …" – „Du bist so bescheuert! Ich bin langsam echt sauer auf dich! Totaaaal sauer!", rief der Dauersauer. Je mehr seine Schwester lachte, umso mehr ärgerte er sich.

Er wollte sich nicht mehr länger unterhalten. Empört stapfte er zu seinem Schlitten und schwang sich so schwungvoll

darauf, dass er auf der anderen Seite wieder herunterplotz-
te und auf dem Hosenboden landete. Anna schüttete sich
aus vor Lachen: „Hihihi, bravo, super Kunststück!" – „Du
bist sooo blöd, die alleroberdoofste Schwester überhaupt!",

rief der Dauersauer gekränkt. Als Anna sich vor Lachen auf die Schenkel klopfte, verzog sich langsam sein Gesicht. Tränen sammelten sich in seinen Augen, bis sie in hellen Bächen heraussprangen und er anfing zu heulen: „Wäääh … du bist so gemein! Sooo gemein!" Tränenblind stieg er auf den Schlitten. Stieß sich ab. Sauste den vereisten, spiegelglatten Hügel hinunter. Mit richtig viel Schwung. Und wurde schneller als je zuvor. Und rutschte weiter als je zuvor. Noch nie war er bis zu der Tanne geschlittert, die ziemlich weit hinten im Garten stand. Diesmal schon. Er konnte nicht mehr bremsen. Rrrums, krachten beide, der Schlitten und der Dauersauer, unsanft in die Zweige und gegen den Stamm. „Au! Aaaauuuuuaaaa!" Der Dauersauer hielt sich den Kopf und heulte. Anna erschrak. Sie wollte zu ihm laufen, rutschte aber aus. Schlug der Länge nach hin, schlitterte bäuchlings noch ein paar Meter, rappelte sich auf und rannte zu ihrem Bruder: „Hast du dir weh getan? Oje! Oje! Oje! Ich hol Mami!" Weg war sie.

Dr. Timnik, der Kinderarzt, bei dem der Dauersauer keine 15 Minuten später saß, stellte eine leichte Gehirnerschütterung fest. Außerdem hatte der Fünfjährige von den Tannennadeln und Ästen ein paar Kratzer abbekommen. Dr. Timnik lächelte ihm nach der Untersuchung aufmunternd zu: „Na, da hast du ja einen Schutzengel gehabt. Keine Sorge, ein paar Tage Ruhe, bis Heiligabend ist alles wieder gut."

Später saßen beim Abendessen nur Mami, Papi und Paulchen am Tisch. Der Dauersauer lag auf dem Sofa und ließ sich von Anna mit Vanille-Pudding füttern. Er war der Meinung gewesen, dass man bei einer Gehirnerschütterung nichts anderes essen könne. Mami hatte daraufhin tatsächlich Pudding gekocht, mit Schokosplittern und Haselnusskrokant, um ihm eine Freude zu machen. Während Anna auf der Sofakante saß, erzählte sie ihren Eltern nochmal die Ereignisse des Nachmittags. Papi schüttelte ungehalten den Kopf: „Das darf wirklich nicht nochmal passieren." Der Dauersauer ergänzte mit düsterer Stimme: „Das passiert auch nicht nochmal. Ich werde nämlich nie wieder Schlitten fahren. Nie wieder im Schnee spielen. Nie wieder rausgehen. Wenn es Winter ist, bleibe ich im Haus. Für immer!" Mami ging zu ihm hinüber und streichelte ihrem Sohn über die Wange: „Ach Puffelchen, das ist doch keine Lösung." – „Doch, das ist wohl eine Lösung", sagte der Dauersauer trotzig, „nie wieder werde ich Spaß im Schnee haben. Nie wieder! Die blöde Tanne! Zu Weihnachten wünsch ich mir eine Motorsäge und hau sie um! Oder wir zeigen die Tanne an bei der Polizei und verklagen sie! Papi, du bist doch Anwalt …" Papi kam hinüber und ließ sich in den Sessel fallen. „Ach Kind. Du kannst nur Menschen verklagen, keine Bäume. Besser, du fährst einfach nicht so wild durch die Gegend. Und wir üben das mit dem Lenken, wenn du wieder fit bist." – „Nein. Nichts üben wir. Will ich nicht. Basta."

Anna sah ihren Bruder nachdenklich an. Dann begann sie vorsichtig: „Also. Du willst nicht mehr rodeln, weil du Angst hast, dass das wieder passiert, stimmt's? Hm. Dann müssen wir einfach dafür sorgen, dass es gar nicht wieder passieren *kann*." Die Siebenjährige nagte an ihrer Unterlippe. Mami sah mit einem Blick, dass ihre Tochter etwas auf dem Herzen hatte: „Was ist los, spuck's aus!" – „Tja, also, ehrlich gesagt – das war nicht der erste Unfall. Neulich, als Enzo nach der Schule mit hierhergekommen ist, sind wir doch auch gerodelt und", sie machte eine kleine Pause und fuhr leiser fort, „der ist auch im Baum gelandet und hat mit dem Gesicht gebremst ..." – „Waaaas?!", rief Mami erschrocken. „Ja. Und ich bin auch zweimal ... äh ... also, ich hab den Baum nur gestreift, aber wenn man richtig gut fährt, dann wird man ziemlich schnell und dann ... steht der Baum echt im Weg." Papi runzelte die Stirn. Mami schüttelte den Kopf: „Das war mir so überhaupt nicht klar!" Anna redete weiter: „Also, ich hätte da eine Idee. Das Rodeln ist sooooo toll im Winter. Entweder, wir verpflanzen den Baum ..." – „Dafür ist er schon zu groß", unterbrach Papi, „der misst ja schon fast drei Meter!" – „... Oder", fuhr Anna fort, „wir fällen die Tanne und nehmen sie als Weihnachtsbaum." Einen Augenblick herrschte Stille im Wohnzimmer. Dann sagte Papi: „Prima Idee!" Mami seufzte: „Bäume fällen finde ich eigentlich immer blöd, aber ich fürchte, hier geht es nicht anders. Dann pflanzen wir im Frühjahr aber einen neuen

Baum, an einer anderen Stelle im Garten." Anna nickte: „Ja! Genau! Das ist doch die Lösung! Dann kann der Dauersauer auch wieder mit raus!" – „Würde ich auch machen", ertönte die Stimme vom Sofa. Mami nickte: „Und dann wird die Tanne wenigstens ein toller Weihnachtsbaum."

Und so kam es auch. Papi fällte die Tanne am Tag vor Heilig Abend und die Kinder schmückten sie mit Hingabe. Auch der Dauersauer machte mit, denn er war wieder fit. Und Anna hatte noch eine kleine Überraschung für ihn: Heimlich hatte sie im Supermarkt seine Lieblingslebkuchenbrezeln in Mamis Einkaufswagen geschmuggelt. Zuhause hatte sie zwanzig davon mit

einer roten Schlaufe versehen und hängte sie nun für ihren Bruder am Baum auf. Schließlich war sie an dem Unfall nicht ganz unschuldig gewesen. Dauersauers Augen leuchteten. „Lecker! Damit hau ich mir den Bauch voll! Da freu ich mich drauf!" Er drückte seine Schwester und war kein bisschen mehr sauer, sondern voller warmer, vor „Winter-Glück-glucksender-guter-Weihnachtslaune".

Das Vogelhäuschen

Es war an einem trüben und nebligen Morgen im Februar. Das Telefon klingelte. Mami ging dran. Erst hörte sie nur Husten. Räuspern. Wieder Husten. Dann krächzte Opa Theodor: „Hallo, ich bin's." Er klang bedrückt, das hörte Mami sofort: „Ist was passiert?" Opa seufzte: „Ich hab Schnupfen, Husten und fürchterliche Kopfschmerzen. Ich sag dir, ich bin total schlapp und erschöpft." – „Ach du liebe Güte!", antwortete Mami besorgt, „warst du schon beim Arzt?!" – „Ja, natürlich. Er meinte, ich habe eine schwere Erkältung und hat mir verschiedene Medikamente verschrieben. Aber der eigentliche Grund meines Anrufs ist ein anderer. Ich muss den Kindern absagen, leider. Vor ein paar Tagen haben wir telefoniert und sie meinten, dass ihnen um diese Jahreszeit so entsetzlich langweilig sei. Da habe ich vorgeschlagen, gemeinsam mit ihnen an einem der nächsten Wochenenden ein Vogelhäuschen zu bauen. Alle Drei waren von der Idee begeistert. Sie haben sich unheimlich aufs Basteln gereut und darauf, anschließend all die Vögel, die sich Futter holen, zu beobachten und zu fotografieren. Aber diesen Besuch muss ich jetzt erst mal absagen. Ich habe einfach nicht die Kraft dazu." Mami versuchte, ihn zu trösten: „Das verstehe ich. Mach dir keine Gedanken. Natürlich werden die Kinder enttäuscht sein, dass es nicht klappt, aber das ist jetzt nicht wichtig. Wichtig ist, dass du wieder gesund wirst. Gute Besserung!" Sie verabschiedeten sich.

Prompt ertönte Dauersauers Stimme vom oberen Ende der Treppe: „WAS KLAPPT NICHT und WARUM WERDEN WIR ENTTÄUSCHT SEIN? WIESO IST DAS NICHT WICHTIG? Und WER MUSS GESUND WERDEN?" Mami seufzte: „Ach Schatz, ich habe keine guten Nachrichten: Opa kann erst mal kein Vogelhäuschen mit euch bauen – er ist krank und es geht ihm gar nicht gut." – „Waaas! Kein Vogelhäuschen?!", rief der Dauersauer bestürzt. Bevor Mami etwas erwidern konnte, drehte er auf dem Absatz um und rannte in sein Zimmer.

Er knallte die Tür hinter sich zu. Sobald er allein war, verzog sich langsam sein Gesicht. Tränen sammelten sich in seinen Augen, bis sie in hellen Bächen heraussprangen und er anfing zu heulen: „Wääähääähhhääähää … So eine Gemeinheit … kein Vogelhäuschen!! Das ist so gemein!! Nix kann ich machen!! Nix! Nur mich langweilen … wääähhhääähhhääää …" Da klopfte Mami an und öffnete die Tür. Wortlos zog sie ihn in ihre Arme, strich ihm liebevoll über den Kopf und wiegte ihn sanft hin und her. „Mein kleiner Schatz", sagte sie dann und küsste ihn behutsam auf die Haare, „mir ist klar, dass ihr jetzt traurig seid und gerne mit Opa gebastelt hättet. Aber das könnt ihr ja irgendwann nachholen …" – „Aber wann denn!?

Das schöne Vo-ho-ho-gelhäuschen …" Er weinte weiter, aber leiser. Anna hatte das Türenknallen gehört und kam neugierig ins Zimmer: „Hey, was ist los?!" – „Opa ist krank und kann uns nicht besuchen." – „Ach Mist! Der arme Opa! Was machen wir denn jetzt?" – „Abwarten", antwortete Mami, „und beten, dass er einen guten Arzt hat und schnell wieder gesund wird."

Aber Opa wurde nicht schnell gesund. Im Gegenteil, er fühlte sich von Tag zu Tag schlechter. Eine Woche später überwies ihn sein Arzt ins Krankenhaus. Mami telefonierte mehrmals am Tag mit ihm. Besuchen konnte sie ihn nicht, weil er über 500 km entfernt in der Stadt Ulm in Süddeutschland wohnte. Papi schaffte es nicht, sich kurzfristig frei zu nehmen und schließlich konnten die Kinder nicht allein gelassen werden.

Wenn Opa in diesen Tagen anrief, berichtete er, dass es im Krankenhaus kein freies Bett mehr gebe: „Ich habe allmählich den Eindruck, dass die halbe Stadt hier ist, sich mit Grippeviren oder Corona infiziert, die Knochen gebrochen oder sonst was hat … Die Krankenschwestern, Pfleger und Ärzte wissen gar nicht, um wen sie sich zuerst kümmern sollen." – „Und wie geht es Dir?", fragte Mami. – „Also, die Erkältungssymptome sind inzwischen abgeklungen. Aber mit meinem Herzen stimmt was nicht, ich habe Schmerzen in der Brust." Mami war beunruhigt, versuchte aber, sich das nicht anmerken zu lassen: „Hm, das wird sicher schnell wieder besser. Aber du musst dich auf jeden Fall nochmal untersuchen lassen!" – „Ja, ja, ich weiß", antwortete Opa matt.

Als Mami das Telefon weglegte, wirkte sie sehr nachdenklich. „Hm, ich wünschte, ich könnte mal eben zu Opa ins Krankenhaus fahren und selbst mit den Ärzten sprechen. Das kann so nicht weitergehen." Sie suchte die Telefonnummer der Station heraus und probierte es mehrmals ... niemand hob ab. Das gibt es doch nicht! Da muss doch mal jemand ans Telefon gehen! Was sollen wir bloß machen?! Irgendjemand muss doch nach ihm sehen!" Nervös lief sie zwischen Wohnzimmer und Küche hin und her. „Was können wir nur tun, um Opa zu helfen?!" Die drei Kinder hockten ratlos im Flur, jedes auf einer Treppenstufe, und folgten ihr mit den Blicken.

Anna kaute auf ihrer Unterlippe und überlegte. Während sie nachdachte und immer dieselbe Haarsträhne um den Finger kringelte, fiel ihr Blick gedankenverloren durchs Fenster nach draußen. Die Nebelschleier waren verschwunden. Durch die Wolkendecke fielen Sonnenstrahlen auf Herrn Häberle, der sein Blumenbeet harkte. Herr Häberle war Mitte 70, gutaussehend, humorvoll und voller Tatkraft. Früher hat er eine große Firma geleitet und Mami meinte immer, dass er einen klugen Kopf und ein großes Herz hat und dass er ein Vorbild für uns alle ist. Immer, wenn sie mit ihm gesprochen hatte, sagte sie hinterher lächelnd „wie kann man nur so strahlende Augen haben wie der Herr Häberle!" Anna sah ihm zu, wie er harkte. Fast das ganze Jahr über hatten Häberles wunderschöne Blumen. Nur jetzt, im Februar, war noch nichts zu sehen. Aber bald, im Frühling, würden in ihrem Garten viele bunte Blumen, orangefarbene Tulpen, rote Ranunkeln und dazwischen blaue Iris leuchten. Wie sie ihn so beobachtete, überlegte sie: „Hm, Mami sagt doch immer, dass der Herr Häberle ein ganz besonderer Mensch ist. Und Häberles haben doch früher irgendwo in der Nähe von Opa gewohnt. Vielleicht kann Herr Häberle Opa helfen … fragen kann ich ihn ja mal." Anna schnappte sich ihre Jacke: „Bin gleich wie-

der da!"

„Hallo Herr Häberle", sagte Anna, und guckte durch die Stäbe des gusseisernen Zauns. Herr Häberle richtete sich ein wenig mühsam auf und lächelte: „Ach hallo Anna! Na, wie geht's?" – „Nicht so gut", antwortete Anna ehrlich, „Opa Theodor ist im Krankenhaus. Das ist doof." – „Oh, das tut mir leid. Das ist wirklich doof, da hast du recht." – „Und er hat schlimme Herzprobleme. Aber niemand kümmert sich. Und Mami ist hier bei uns und kann nicht nach Ulm und dort geht niemand ans Telefon und wir machen uns schreckliche Sorgen … Eigentlich wollte Opa ein Vogelhäuschen mit uns bauen. Aber jetzt geht es ihm immer schlechter und Mami weiß nicht, was sie machen soll." Herr Häberle runzelte die Stirn und fragte nach: „Herzprobleme? Deine

Mutter muss unbedingt mit einem Arzt sprechen." – „Ja, aber das ist es doch gerade!", rief Anna aufgeregt, „es ist überhaupt niemand erreichbar! Meine Mutter versucht die ganze Zeit, im Krankenhaus anzurufen, aber es geht niemand ans Telefon!"

– „Hmmm. Und jetzt willst du wissen, ob ich etwas tun kann", erwiderte Herr Häberle und stellte seine Harke beiseite, „in Ulm ist dein Opa ... hmmmm ... das ist ja so in etwa meine Heimat. In dieser Gegend kenne ich ein paar Leute. Ich bin ja Schwabe. Mal sehen. Aber versprechen kann ich nichts."

Anna folgte Herrn Häberle, der schnellen Schrittes in sein Arbeitszimmer ging. Die Sonne schien durchs Fenster und tauchte das Zimmer in ein goldenes Licht. Auf seinem großen Schreibtisch lagen ein Laptop, eine Wirtschafts-Zeitschrift und Stifte. An einer Seite stand eine Skulptur: Ein Mann, der auf einem Einrad über ein Seil fuhr. Anna betrachtete das Kunstwerk von allen Seiten: „Uiii", sagte sie dann, „in echt würde der doch runterfallen, oder?" Herr Häberle lächelte sein strahlendes Lächeln: „Nicht, wenn er schafft, die Balance, also das Gleichgewicht zu halten. Und darum geht es im Leben: das Gleichgewicht zu halten – zwischen Arbeit und Familie und Pflicht und Spaß und so weiter." – „Das ist aber gar nicht so leicht", wandte Anna ein, „vor allem, wenn die Lehrer so viel Hausaufgaben geben. Dann ist es immer deutlich mehr Arbeit." Herr Häberle sah Anna aufmerksam an und sagte freundlich: „Naja, ihr sollt halt was lernen. Das ist ja wichtig. Da kannst du das mit dem Gleichgewicht schon früh üben. Aber jetzt erzähl mal, in welchem Krankenhaus liegt dein Opa denn?" – „Ich glaube, in dem größten in Ulm." Herr Häberle hackte schnell in die Tasten seines Laptops. Dann hielt er kurz inne, überlegte und tippte wieder wild drauflos. „Hmmm … lass mal überlegen …" Er suchte weiter. Plötzlich rief er: „Ha! Da haben wir's. Hab ich mich richtig erinnert! Der Professor Stettner ist dort Chefarzt. Ich schätze ihn sehr. Warum? Er ist sehr kompetent. Den ruf ich sofort an." Gesagt, getan.

Als Herr Häberle das Gespräch beendet hatte, lächelte er. „So, das war nett, mal wieder mit ihm zu sprechen. Ist schon einige Zeit her, dass wir uns das letzte Mal gesehen haben…

Jedenfalls macht sich der Professor Stettner jetzt gleich auf den Weg zu deinem Opa und wird ihn untersuchen. Am besten springst du schnell zu deiner Mutter, bevor sie sich weiter Sorgen macht, und gibst Bescheid." Anna, die hinter Herrn Häberle gestanden und alles verfolgt hatte, fiel ein Stein vom Herzen. Sie schlang ihre Arme um seine Schultern und drückte ihn zu seiner Überraschung kurz an sich. „Danke,

danke, danke!" sagte sie. Dann lief sie schnell nach Hause.

„Leute!", rief sie aufgeregt, kaum, dass sie in der Tür war, „Leute, ich hab Neuigkeiten!" Der Dauersauer, der im Flur auf dem Teppich saß und mit seinen Zehen wackelte, maulte knatschig: „Was soll das!? Warum schreist du hier so blöd rum?!" Anna tanzte durch den Flur: „Der Herr Häberle kennt einen Arzt vom Krankenhaus und den hat er angerufen und der Arzt ist jetzt schon bei Opa und Opa wird jetzt untersucht und dann kriegt Opa Medizin und dann geht's ihm bald wieder gut und dann kann Opa uns besuchen und dann können wir das Vogelhäuschen bauen und dann ist alles wieder gut …!", sprudelte es aus ihr heraus. Mami kam aus der Küche: „Was für eine gute Idee, Herrn Häberle zu fragen! Aber wartet erst mal ab, was der Arzt am Ende feststellt. Ich ruf trotzdem gleich mal Omimi an."

Kaum hatte sie das Gespräch beendet, klingelte es an der Tür. Mami öffnete. Der neugierige Dauersauer flitzte zu ihr und lugte zwischen ihren Beinen hervor. Herr Häberle stand draußen. „Hallo Frau Nachbarin!", sagte er gutgelaunt, „ich wollt nur schnell Bescheid geben, dass der Professor Stettner mich grad nochmal angerufen hat. Der Opa hat tatsächlich eine Herzmuskelentzündung, die dringend behandelt werden muss. Aber er bekommt jetzt Medikamente, so dass er bald wieder fit ist. Professor Stettner ruft

Sie später am Abend noch an, wenn er mehr Zeit hat, und informiert Sie ausführlich. Soviel nur schon mal vorab, mehr weiß ich auch nicht." Mami strahlte. „Herr Häberle!! Vielen vielen Dank!! Wir sind so unendlich erleichtert!" Herr Häberle schmunzelte von einem Ohr zum anderen. „Ach das war doch selbstverständlich. Steht doch schon in der Bibel: „Kannst du helfen, dann tu es auch!" Das hab ich gern gemacht. Jetzt sind alle glücklich – übrigens ich selbst auch. Und dazu hab ich viele Gründe: Dem Opa geht es besser, Ihr müsst euch keine Sorgen mehr machen und schließlich", fuhr er augenzwinkernd mit jungenhaftem Lachen fort, „weil ich heut mein Lieblingsessen krieg: Spätzle, handge-

schabt von meiner Frau. Deshalb geh ich jetzt schleunigst heim, machen Sie's gut! Tschüßle!" Er winkte nochmal und verabschiedete sich. Mami sah ihm nach, wie seine breitschultrige Gestalt in der Dämmerung verschwand.

Der Dauersauer zupfte sie am Hosenbein: „Mami, was genau hat Frau Häberle gekocht? Spatzen? Igitt! Darf man das überhaupt?" Mami lachte. „Nein, Puffelchen, sie hat nicht Spatzen gekocht, sondern Spätzle. Das sind diese kleinen knubbeligen Nudeln, sehr lecker. Die hast du bei Omimi schon gegessen, mit Braten und Soße." – „Weiß ich nicht mehr. Aber knubbelige Nudeln klingt toll. Kannst du das auch bald mal machen?" – „In Ordnung, demnächst mach ich Spätzle. Ich frag Omimi mal nach ihrem Rezept. Aber jetzt muss ich noch was arbeiten." Während sie sich auf den Weg in ihr Arbeitszimmer machte, murmelte sie vor sich hin: „Wie kann man nur so strahlende Augen haben wie der Herr Häberle." – „War klar!", kommentierte Anna, die das gehört hatte, „war so klar, dass du das sagst!" Alle lachten, befreit, erleichtert und dankbar.

Und zum Lachen hatten sie auch allen Grund. Nachdem Opa die richtigen Medikamente bekommen hatte, wurde er rasch wieder gesund. Zuhause musste er sich noch zwei Wochen schonen, dann kamen er und Omimi übers Wochenende zu Besuch. Und endlich wurde das Vogelhäuschen gebaut – das heißt: Nicht nur eines, sondern zwei. Eins für den eigenen Garten und eins für den Garten von Häberles. Mami war sich sicher, dass Herr Häberle und seine Frau daran ebenfalls Freude haben würden und hatte vorgeschlagen, sich auf diese Weise für seine Hilfe zu bedanken. Begeistert sägten, leimten, bastelten und bemalten die Kinder mit Opas Hilfe zwei richtig tolle Vogelhäuschen. Morgen würden sie Häberles eins vorbeibringen. Und die Kinder, insbesondere der Dauersauer, waren kein bisschen mehr sauer, sondern spürten tief in ihrem Inneren kribbelig-glücklich-glucksende „Es-ist-toll-Häberles-eine-Freude-zu-machen-Laune".

Ohrenschmerzen

Es war Ende März, aber der Frühling ließ auf sich warten. Graue Wolken hingen dunkel und düster über Düsseldorf. Die ganze erste Woche der Osterferien blieben Anna, der Dauersauer und Paulchen im Haus. Verdrossen blickten sie nach draußen in das kalte Schnee-Regen-Matschwetter. Sie zählten die Tage bis zum Samstag nach Ostern. An diesem Tag würden sie nach Spanien fliegen. Sie freuten sich so unbändig auf die Sonne, auf Licht, Wärme, Sommerkleidung und das erste Zitroneneis.

Endlich war es so weit. Um 5 Uhr morgens, es war noch dunkel draußen, kam das Taxi und brachte sie zum Flughafen. Alles klappte wie am Schnürchen. Früher war das anders gewesen: Sie waren zu Hause zu spät aufgebrochen oder hatten Koffer am Flughafen umpacken müssen oder hatten Wichtiges vergessen – immer waren sie ziemlich gestresst ins Flugzeug gestiegen. Dieses Mal aber lief alles erstaunlich glatt. Es war sogar noch Zeit, Comics und Zeitschriften für den Flug zu kaufen.

Als das Flugzeug behäbig aus der Parkposition rollte, meldete sich der Pilot über Lautsprecher: „Guten Morgen, mein Name ist Lurch-Peter Hansen. Zusammen mit meiner Crew werden wir hier in Düsseldorf pünktlich starten und Sie in zwei Stunden und 30 Minuten sicher nach Malaga bringen. In der spanischen Stadt erwarten Sie angenehme 23 Grad und strahlender Sonnenschein." Mami saß neben Anna und Paulchen und lächelte zufrieden: „Sonne, wir kommen!" Dann zupfte sie Papi, der mit dem Dauersauer eine Reihe vor ihnen Platz genommen hatte, durch den Spalt zwischen den Sitzen am Ärmel: „Wir werden immer besser, findest du nicht? Ich glaube, wir haben nichts vergessen. Wir waren pünktlich. Diesmal haben wir alles richtig gemacht. Alles ist bestens."

Auweia. Das hätte sie wohl nicht sagen sollen. Denn prompt ertönte Dauersauers Stimme. Er klang besorgt: „Nein. Nichts ist bestens. Gar nichts!" Er rappelte sich auf und krabbelte auf das Sitzpolster: „Mir fällt grad auf: Ich habe keine Kaugummis. Ohne Kaugummis tun mir aber im Flugzeug die Ohren weh! Keiner hat mir vorhin welche gekauft! Wieso hat keiner daran gedacht?! Wieso!? Oder hat etwa jemand?"

Mami und Papi seufzten tief. Das hatten sie völlig vergessen: Wenn das Flugzeug abhebt und in die Wolken fliegt, ändert sich der Luftdruck im Ohr. Und er ändert sich erneut, wenn der Flieger wieder sinkt, um zu landen. Das kann tatsächlich schmerzen und man hört für eine Weile schlechter. Das geht nicht allen Menschen so, aber manchen, wie zum Bei-

spiel dem Dauersauer. Gibt man ihm Kaugummi, bleiben die Ohren durch die Mundbewegung offen, so dass der Druck besser ausgeglichen werden kann. Aber dafür war es nun zu spät. Für einen Augenblick herrschte betretenes Schweigen. Dann sagte Papi tonlos: „Ich hab nicht daran gedacht." Mami schluckte: „Ich auch nicht." – „Nein", sagten auch Anna und Paulchen bedröppelt. Und sogar der dicke fremde Mann, der neben Papi saß, schnaufte: „Ich erst recht nicht!" – „Hä?!?!" Der Dauersauer starrte ihn verwundert an. Wer war das denn? Wieso mischte der sich ein? Der Mann erriet Dauersauers Gedanken und grinste: „Du hast doch gefragt. Ich hab auch keine Kaugummis. Aber is ja auch egal." Gelassen vertiefte er sich wieder in seine Zeitung. Aber er kannte den Dauersauer ja nicht. Noch nicht. Der Fünfjährige holte tief Luft und zeterte: „Egal? Nichts ist egal!! Ich brauche welche, das weiß doch jeder!! Ich habe sonst Druck auf den Ohren!! Wenn ich nichts kauen kann, tun beim Starten und beim Landen meine Ohren weh!! Tagelang! Der Urlaub ist blöd! Ich kann nichts genießen!!" Langsam verzog sich Dauersauers Gesicht. Tränen sammelten sich in seinen Augen, bis sie in hellen Bächen heraussprangen und er anfing zu heulen. „Wäääähhhh, wäääääähhhh … wäääääähhhhh".

Plötzlich hielt er inne, hörte auf zu weinen und überlegte kurz. Dann verkündete er: „Ich steig einfach wieder aus." Sofort kletterte er entschlossen vom Sitz, nahm seinen Rucksack und versuchte, sich an Papi und dem dicken Herrn vorbeizukäsen. Papi zog ihn an der Kapuze zurück. „Spinnst du, du kannst nicht einfach aussteigen!" – „Aber ihr habt nicht an meine Kaugummis gedacht." – „Trotzdem kannst du nicht aussteigen!" – „Kann ich wohl!! Da!! Da ist ein Notausgang-

Zeichen, und ich bin in Not!! Ich darf da aussteigen!! Lass mich los!!" – „Ich denke gar nicht daran." – „Das Flugzeug fliegt noch nicht, es rollt nur. Ich steig aus!!"

Während Papi und der Dauersauer diskutierten und der dicke Mann sich die Ohren zuhielt, war Anna aufgestanden und an die Sitzreihe hinter ihnen getreten. „Entschuldigung, haben Sie vielleicht einen Kaugummi?" – „Nein, tut mir leid." Auch in der nächsten Reihe schüttelten die Leute den Kopf: „Nein." – „Nö. Und für den Schreihals da vorn sowieso nicht. Der nervt." – „Nein, Kleine. Ist das dein Bruder da vorne? Du Arme!" – „Nein, ich habe keine Kaugummis." Aber Anna gab nicht auf. Fünf Reihen hinter ihnen saß eine sehr auffällige Frau. Ihre langen blonden Haare fielen in Wellen über ihre Schultern, ihr Mund war glänzend rosa. Sie hatte große blaue Augen mit langen Wimpern und trug ein knallpink-farbenes Kleid. Ein bisschen sah sie aus wie Barbie. Eine freundliche Barbie. Sie sprach englisch: „What do you want? Was willt dou?", fragte sie mit amerikanischem Akzent. „Kaugummi", antwortete Anna und blies die Backen auf und machte mampfende Kaubewegungen. Die Frau verstand: „Ahh, Darling, I see! You need chewing-gum! Dou brauchst Kaugummi. Dou bist rischtig bei me. I have some!" Lächelnd griff sie nach einer großen hellrosa Tasche und kramte darin herum. Dann hielt sie Anna eine Tüte hin, die gefüllt war mit fast golfballgroßen grünen, gelben und rosa Kugeln. „Hier, enjoy! Das ist real american chewing-gum, rischtige amerikanische Kaugummi von California. Great! Schmeckt wirklisch wundebar! Eigentlisch für meine Urlaub. Aber schenke isch dir, Darling, you are so cute, dou bist so hubsch!" Sie lächelte freundlich. Anna strahlte. „Danke!"

Im Gang vor dem Dauersauer standen mittlerweile zwei Stewardessen und redeten auf ihn ein. Eine hatte einen kleinen Korb mit Schokoriegeln in der Hand, die andere ein kleines Stofftier. Als Anna ankam, motzte der Fünfjährige gerade: „Ich will doch jetzt kein Spielzeug und auch keine blöden Schokoriegel, ich brauch Kaugummi! Für den Start brauche ich: Kau-gu-mmiiiiiiiiiii!" – „Hier ist welcher!", rief Anna triumphierend und hielt ihrem Bruder die Tüte unter die Nase. Der Dauersauer machte große Augen. „Echt jetzt?" – „Echt jetzt?!", fragten auch die Stewardessen, Mami, Papi, Paulchen und der dicke Mann. „Aber klar doch!", sagte Anna stolz und riss die Tüte auf. Der Dauersauer tauchte mit seinen Grabbelfingern hinein und stopfte sich gleich zwei Kaugummi-Kugeln auf einmal in den Mund. Nun hatte er in jeder Backentasche eine Kugel und sah aus wie ein Backenhörnchen. Er

konnte kaum kauen, aber setzte sich augenblicklich artig und zufrieden auf seinen Platz, schnallte sich an und griff nach seinem Comic. Alle um ihn herum atmeten erleichtert auf. Paulchen indes setzte sein süßestes Lächeln auf und piekste dann die Stewardess mit dem Zeigefinger ins Bein: „Duhu, krieg is dann Sokegade?" Die Stewardess lachte und drückte ihm das Stofftier und die Schokoriegel in die Hand. Dann gingen alle schnell auf ihre Plätze, denn das Flugzeug beschleunigte bereits. Gleich würde es abheben.

Anna drehte sich nochmal kurz nach hinten und winkte der Amerikanerin zu. Die warf eine Kusshand zurück und lächelte. Anna freute sich so auf Spanien. Aber irgendwann, dachte sie, wollte sie auch mal nach Amerika. Vielleicht würde sie dann die nette rosa Frau besuchen. Paulchen mampfte glücklich einen Riegel nach dem anderen. Mami und Papi lehnten sich entspannt zurück. Und der Dauersauer saß in allerbester „mit-Kaugummi-fliegt-es-sich-richtig-gut-Laune" friedlich auf seinem Platz und blinzelte vergnügt in den strahlenden watte-weißen, blauen Sonnenhimmel.

Kaulquappen

Der Monat Mai kam und brachte mehr Sonne, hellere Tage und – 50 Tage nach Ostern – das Pfingstwochenende. Seit einigen Jahren bedeutete das: Koffer, Stofftiere und jede Menge Vorfreude einpacken und über das lange Wochenende die Großeltern besuchen. Sie wohnen vier Stunden entfernt in Süddeutschland, in Karlsruhe. Die Stadt ist nur halb so groß wie Düsseldorf und umgeben von Wäldern, Wiesen und sanften Hügeln. Dort ist das Klima besonders mild und der Winter rascher vorbei. Während es in Düsseldorf oft noch kühl, windig und ungemütlich sein kann, leuchtet in Karlsruhe die Natur längst schon in voller Pracht und zarte, hellgrüne Blätter schimmern in Sträuchern und Bäumen. Die Menschen freuen sich über Maiglöckchen, Margeriten und Flieder. Mit jedem Tag grünt und blüht und duftet es mehr.

Endlich war es so weit. Papi begann, die Fahrräder am Auto zu befestigen. Mami schmierte in der Küche Brötchen und belegte sie mit Schinken, Käse und Salat. Die Kinder wuselten durchs Haus und stopften Kuscheltiere, Bücher und Spiele in ihre Rucksäcke. Alle freuten sich einfach auf alles: Die Autofahrt und die Abwechslung, die freien Tage, die Radtouren durch den Wald, den Spielplatz, Omas leckere Lachsschnittchen, das ganze alte Spielzeug, das Papi als Kind gehabt hatte und – natürlich – besonders auf Oma Conni und Opa Haru.

Die Kinder aber fieberten noch etwas anderem entgegen: Den Kaulquappen im Oberweiher, einem großen Teich. Eher zufällig waren sie im vergangenen Jahr während einer Radtour dort vorbeigekommen. Das Wasser des Weihers war damals eine einzige schwarze, schwabbelnde und wabbelnde Masse gewesen, es hatte darin nur so gewimmelt von Kaulquappen. Anna und der Dauersauer hatten sich hingehockt und vom Ufer aus immer wieder mitten hinein gegriffen, vorsichtig ein paar der glitschigen Tierchen auf die Hand genommen und aus der Nähe betrachtet, bis sich die Kaulquappen von alleine wieder ins Wasser zurückgezappelt hatten. Das wollten sie diesmal unbedingt wieder erleben. „Das verstehe ich", sagte Mami, „das war ja auch toll. Ach, ich freu mich! Das wird herrlich! Wochenende, wir kommen!" rief Mami, als das Auto aus der Einfahrt rollte.

Bei Oma Conni und Opa Haru angekommen, sprangen sie ruckzuck aus dem Auto, machten sich hungrig über die

Begrüßungs-Lachsschnittchen her und tranken dazu den köstlichen süßen Pfälzer Traubensaft. Dann fragte Anna ungeduldig: „Wann können wir endlich los?" Sie und die Jungs konnten es kaum erwarten. „Papi, schnell, hol die Räder vom Auto, wir wollen zum Oberweiher!" – „Heute schon?" – „Jaaaaa!", schallte es ihm dreifach entgegen. „Na gut ...", sagte Papi.

Eine halbe Stunde später machten sie sich auf den Weg, zusammen mit Oma. Ob das Wasser wieder schwarz sein wird? Wie groß die Kaulquappen wohl diesmal sind? Ob sie sich wieder so leicht in die Hand nehmen lassen? Die Kinder konnten es kaum erwarten und flitzten wie die Weltmeister über die Waldwege. Das heißt, die beiden Ältesten radelten, Paulchen saß, ein bisschen verdrossen, weil er noch nicht selbst fahren durfte, bei Papi im Kindersitz. Der Wald roch nach Tannennadeln und Moos. Sie durchquerten sonnen-helle Lichtungen. Fuhren auf knirschenden Kieswegen an Stapeln von moosbewachsenen Baumstämmen, duftenden lila Fliederbüschen und ausladenden Farnen vorbei. Sie sausten also und sausten und traten mit aller Kraft in die Pedale. Kamen an, sprangen ab, ließen die Räder ins Gras fallen, rannten ans Ufer, schauten aufs Wasser und sahen – nichts.

Nichts! Keine Kaulquappe weit und breit! Nicht die kleins-

te. Das Wasser war leicht grünlich, aber ziemlich klar. Ein paar Wasserläufer schwammen träge darauf herum, aber keine einzige Kaulquappe. Was für eine Enttäuschung! Der Dauersauer erstarrte. Anna riss die Augen auf: „Das gibt's doch nicht!" Paulchen zappelte verzweifelt, weil er noch angeschnallt war, im Kindersitz: „Will raus! Will raus!" – „Ja, ich hol dich, aber ich fürchte, da gibt's diesmal nicht viel zu gucken", sagte Mami gleich, um die Erwartungen zu dämpfen, „oje, oje, der schöne Tag …"

Während sie Paulchen aus dem Sitz hob, ahnten alle, was jetzt passieren würde: Und tatsächlich: Langsam verzog sich Dauersauers Gesicht. Tränen sammelten sich in seinen Augen, bis sie in hellen Bächen heraussprangen und er anfing zu heulen: „Wo sind die Kaulquappäääään?! Woooooo?! Wieso sind da keineeeee!? Wääääääh …" – „Das tut mir so leid, Puffelchen", sagte Mami betreten und sah Papi an. „Hm", meinte der und sah hilfesuchend Oma an. Oma zuckte die Achseln und meinte in ihrer resoluten Art ganz sachlich: „Tja, Ostern war diesmal später im Jahr, Pfingsten dann natürlich auch. Die Kaulquappenzeit ist einfach vorbei. Dann haben wir halt Pech gehabt. Wir fahren jetzt zurück." Der Dauersauer traute seinen Ohren nicht: „Waaaas?! Zurück?! Spinnt ihr?! Ich will Kaulquappen! Ich will!!" Mami versuchte, ihren Sohn aufzumuntern: „Schau doch mal, da ist eine Libelle! Und dort, so schöne Teichrosen!"

– „Blöde Libelle, scheiß Teichrosen, bescheuerter Tag", zeterte der Fünfjährige. Mami seufzte, verzichtete aber ausnahmsweise darauf, wegen der Ausdrücke zu schimpfen. Enttäuscht standen alle am Ufer und starrten aufs Wasser. Alle? Nein, Paulchen sah woanders hin.

Und als sie eben gehen wollten, rief er: „Halt! Daaaa!" – „Hä? Was soll da schon sein?", fragte der Dauersauer gleichgültig. – „Na daaa!", rief Anna, „mach mal die Augen auf!" Jetzt sah er hin. Und wirklich. Was war das? Es sah aus, als ob sich kleine Steine am Ufer bewegten und sogar von allein umher hüpften. War das möglich? „Hä, lebende Steine?!", wunderte sich der Dauersauer. „Mensch, du Vollpfosten, das sind keine Steine, siehst du nicht, das sind – FRÖSCHE! Lauter kleine Frösche! Da, wieder einer!" Als sie jetzt genauer hinsahen, entdeckten sie überall am Boden unzählige kleine, zarte, braune Frösche mit winzigen Glupschaugen. Die Kinder staunten. Sie hatten ja nur nach Kaulquappen im Wasser Ausschau gehalten und auf nichts anderes geachtet. „Hoffentlich haben wir keinen zertreten", sagte Anna besorgt. – „Ach was, bestimmt nicht!", erwiderte Oma entschieden, „die sind ja nur am Ufer. Aber da seht ihr, alles hat seine Zeit: die der Kaulquappen ist zwar vorbei. Aber dafür gibt es jetzt Frösche."

Zuerst trauten sie sich kaum, die empfindlichen und leicht verletzbaren Tierchen anzufassen. Aber unter Mamis Anleitung wagten sie es schließlich alle drei, die Baby-Frösche behutsam in die Hand zu nehmen. Jedes Kind ein Fröschle. Flupp, waren sie wieder weggehüpft. „Sind die süüüß!", rief Anna und auch der Dauersauer und Paulchen strahlten übers ganze Gesicht.

Die Kinder beobachteten alles genau. Nach einer Weile hockte sich Paulchen in Froschhaltung auf den Boden und machte einen kleinen Hüpfer. Und noch einen: „Quak", sagte er und grinste verschmitzt, „ich bin auch ein Frosch." Aber Papi schüttelte amüsiert den Kopf: „Neee, du bist kein Frosch. Aber auch keine Kaulquappe. Du bist und bleibst eine Paulquappe, stimmt's?!" Alle lachten. Oma zwinkerte durch ihre Brillengläser: „Und wusstet ihr, Paulquappen ernähren sich Samstagnachmittags immer von Eiscreme?" – „Jaaaa!", rief Paulchen und Anna ergänzte schnell: „Und die Geschwister von Paulquappen auch, am liebsten von Pfefferminz-Eis …" Das klang so verlockend, dass auch der Dauersauer einwilligte, zurückzufahren. Sie hoben die Räder aus dem Gras auf und dann ging's zurück. Durch die sonnenhellen Lichtungen, auf knirschenden Kieswegen vorbei an Stapeln moosbewachsneer Bäume und duftendem lila Flieder und den ausladenden Farnen. „Ich hab euch doch gesagt, das wird ein herrlicher Tag", sagte Mami zufrieden,

„und zuhause informieren wir uns mal über Grasfrösche." – „Wichtig ist vor allem, dass wir uns jetzt über die Eissorten informieren", meinte der Dauersauer, „wieviel Kugeln krieg ich?" – „Mal schauen", antwortete Mami schmunzelnd. Oma sprach ein Machtwort: „Also ich bestimme. Es gibt Riesen-Eisbecher für alle!" Und dann fügte sie in ihrer unnachahmlichen Art hinzu: „Und wehe, es wird nicht aufgegessen!" Alle lachten. Und der Dauersauer war an diesem Tag überhaupt kein bisschen mehr sauer, sondern strahlte vor lauter fröhlicher „Frühlings-Frosch-Fahrrad-Pfefferminz-Eis-Laune".

...und das nächste Mal ist der Dauer sauer derjenige, der die guten Ideen hat und den anderen aus der Patsche hilft – wollen wir wetten?! 😊

Kläre Woldt
Der Dauersauer
© Krümel-Verlag, Düsseldorf 2023
Alle Rechte vorbehalten
www.kruemel-verlag.de

© Text und Illustrationen: Kläre Woldt
klarewoldt@icloud.com
www.klaere-woldt.de

Herstellung und Druck:
alpha print GmbH Düsseldorf
www.alpha-print.de

Printed in Germany
ISBN 978-3-9824925-1-3